Un Sutil Roce de la Muerte

LAURA GORJÓN MONTEMAYOR

DISEÑO DE PORTADA Y CONTRAPORTADA

Hugo Alejandro González Gorjón.

****

AGRADECIMIENTO

Quiero agradecer de manera muy especial a la Profesora en educación preescolar y primaria, Gabriela Carolina Sánchez Díaz.

Y al Señor Raúl Cruz López.

Por su invaluable apoyo.

****

DEDICATORIA

Dedico mi esfuerzo y trabajo a Dios Espíritu Santo Bendito,
por llenarme con su esencia amorosa; facilitándome así la
inspiración que he requerido para escribir.

A mis tres hijos Hugo Alejandro, Ernesto Alejandro y Laura Elba González Gorjón, por ser el amor en mí vida y la más grande de las bendiciones de mí amado padre, Dios.

****

PRÓLOGO

A todos los lectores que el día de hoy estarán deleitándose con esta novela, quiero expresarles qué encontrarán en la lectura de Un Sutil Roce de la Muerte. La autora nos conduce a través de un viaje imaginario por medio de un lenguaje sencillo y coloquial, a vislumbrar sobre la importancia de los valores y tradiciones de una familia de un pequeño pueblo situado en este inmenso país llamado México.

Ciertamente durante la novela aparecen más personajes que enaltecen las virtudes y bondades de los protagonistas principales, también se deja ver la parte contraria de los buenos modales con los que se desenvolvían en ése pequeño pueblo.

Es curioso como la autora nos invita a la lectura con las vivencias de Isabel y Felipa, en la narrativa de la novela impregnada de temores, aspiraciones y la relación estrecha con la muerte, dándole un toque de suspenso y a su vez de emoción sobre la relación tan extraña con un ser que, la gran mayoría de los seres humanos le teme y al mismo tiempo la respetan, porque tiene una encomienda no tan agradable del ser supremo. Pero que en momentos determinados de nuestra vida, tenemos que entrar en estrecha relación con la muerte.

Así durante la narración se van mezclando los sentimientos y valores como: alegría, odio, coraje, amor, desamor, lealtad, justicia, honestidad, perseverancia, gratitud…

Que hacen de la trama un manjar de vivencias de nuestro
México antiguo, con nuestro México actual. Donde la autora
hace hincapié, sobre la fortaleza del pueblo mexicano y la
deslealtad patriótica de unos cuantos grupos de poder, que sin
importarles la lucha de nuestro pueblo y de algunos héroes
nacionales, hacen que nuestro México esté en bancarrota por
su afán de poder y dinero.

A través de estas líneas quiero concluir, comentándoles que
en esta novela se despierta la esperanza, el coraje y la unión
familiar, debido qué lleva inmersa una realidad histórica de
nuestro pueblo.

Quiero expresar a mi gran amiga Laura autora de esta gran
novela, mi reconocimiento por este gran fruto del saber.

GABRIELA CAROLINA SÁNCHEZ DÍAZ

UN SUTIL ROCE DE LA MUERTE

¡Ven acá, mira nada más lo mugrosa que andas! ¡Te daré un buen baño, todo esto no pasaría si La Muerte no te hubiera tocado! ¡Maldita sea mi suerte!

Eso lo escuchaba repetidamente; mi abuela permanecía convencida que todos los sucesos en mí vida, eran responsabilidad de La Muerte.

¡Doña Gertrudis -decía mi maestra- la felicito, su nieta es la mejor alumna de mí clase! ¡Tiene una capacidad de asimilar fuera de lo normal, seguramente llegará muy lejos! ¡Ay maestra, fue una bendición que La Muerte la hubiera tocado!

Yo pertenecía a una familia pequeña, mi padre era abogado y mi madre le ayudaba en todo lo que hacía falta, era una mujer muy activa. Ambos se levantaban muy temprano y desde ese momento, ¡a trabajar!

Solo que mi madre no paraba en todo el día. Cuando él se salía a los juzgados o a ver nuevos clientes, ella se quedaba a hacer las labores de la casa y cuando mi padre volvía, se dedicaba a atenderlo. Así pasaban toda la semana, excepto el domingo que era día de ir a la iglesia, a oír misa.

El cura del pueblo era muy atrevido, daba su sermón sin respetar susceptibilidades, no a muchos les gustaba eso. Mi abuela que era tan rígida decía: -¡Ay ése padrecito, solo porque es sacerdote, si no fuera así ya le hubieran tirado los dientes!
Doña Lupe la de la tienda, ya sabía lo que mi madre compraba; cuando ella llegaba se tomaba su tiempo para despacharla y mientras lo hacía, platicaban de los chismes de la gente del pueblo.

Comentaba mí abuela: -¡Ésa vieja es una chismosa, eso le pasa porque todo el día está encerrada en su tienda! ¡¿Por qué no se mete a su casa y se ocupa de sus cosas?! ¡Hay tanto que hacer dentro del hogar, que no quiero imaginarme cómo vive!

Yo tenía que ir a la escuela todos los días y sobre el camino, estaba la famosa pulquería de don Pepe, éste era un señor que gozaba asustando a los niños que pasaban por ahí. Les decía con un gesto de enojo: -¡Si no estudian, los obligaré a entrar aquí y entre todos los presentes, nos los comeremos!

Luego lanzaba carcajadas y se metía, eso hacía todas las mañanas. Con el tiempo, yo sabía que don Pepe jamás se comería a nadie.

Mi abuela era una mujer muy apreciada y respetada en el lugar, cuando salía las personas la saludaban amablemente. -¡Qué tal doña Gertrudis! ¿Cómo está? ¡Que tenga buen día! Ella siempre fruncía el ceño y murmuraba: -¡Ay ésta gente tan labiosa! ¡Solo me saludan porque tu padre es el abogado del pueblo, de otra forma ni me verían!

Caminaba muy derechita meneándose un poco, con pasos cortitos pero rápidos. Me llevaba tomada de la mano, ¡casi volaba! Así era siempre, platicaba conmigo pero parecía que lo hacía sola, yo jamás hablaba.

Decía muy a menudo: -¡Ésas pirujas con las que se divierte tu padre, son espantosas! Ésa era la parte que a mí más me asustaba; muchos años lo relacioné con brujas, no con mujeres alegres. Y así seguía caminando rápido, eternamente como si tuviera prisa, tomándome de la mano. Invariablemente muy arregladita y perfumada, y de la misma forma me traía a mí.

Lo mejor de salir con ella era que, terminando de hacer sus cosas me llevaba a comer un helado. Bien -decía- ya terminamos ahora dime, ¿te gustaría comer una nieve?

Llegábamos con doña Mary, ésta era una señora que a mí abuela le agradaba. ¡Buenas tardes Mary! ¿Cómo has estado? Y se quedaban platicando mientras yo disfrutaba de ésos momentos que parecían hechos para mí. De ésta forma pasó mi infancia y cuando yo ya era mayor, ella seguía siendo la misma.

Mis salidas solo eran con ella; a veces platicaba cosas de la gente del pueblo, otras de algún miembro de la familia, pero nunca hablaba de sí misma.

Siento que le hizo mucha falta platicar sus historias, seguramente interesantes; pero estaba tan metida en las vidas de los demás, que nunca tenía tiempo para ella. Parte de su educación era, que la mujer solo servía para atender a su familia, labor que realizaba mejor que nadie. ¡La atención que nos brindaba era mayúscula!

Yo terminé siendo la hija que no tuvo y que consiguió, gracias al infortunado hecho de haber perdido a mí mamá. Ella como madre substituta cumplía cabalmente con su papel. Recuerdo el día en que le pedí permiso a mí padre para ir al cine con mis amigas, él volteó a ver a mí abuela y le dijo: -Llévala al cine, que salga con sus amigas pero que vaya contigo. Mi abuela enseguida susurró: -¡Ahora seré la nana de todas ésas muchachitas mal educadas! ¡Ay si La Muerte no la hubiera tocado, nada de esto pasaría! Pero lo único que la hacía inmensamente feliz, era cuidarme...

Felipa la sirvienta era de mí edad. Ella me platicaba de muchas cosas, de los bailes a los que iba, de sus amigas y amigos, de cómo salían a divertirse juntos, y lo mejor; de su novio. Yo siempre me mantenía muy atenta.

Me decía cómo la besaba y lo que sentía; ella era muy descriptiva. Hablaba de los abrazos, las caricias, los besos, las palabras y mientras lo hacía, yo me imaginaba ésos maravillosos momentos ¡tan llenos de amor y pasión! Una excitación involuntaria recorría todo mi cuerpo y los deseos se hacían presentes con fuerza. Ésos momentos los disfrutaba casi como si los hubiera vivido y cuando oíamos que se acercaba mi abuela, ella corría con un trapo en la mano y tallaba un mueble, haciendo parecer que trabajaba y diciéndome al mismo tiempo con voz muy quedita: -¡Tu libro, abre tu libro!

Luego mi abuela echaba un vistazo y se marchaba diciendo: -¡Date prisa con la limpieza del cuarto, que la niña tiene mucho que estudiar! Nosotras lo dejábamos todo para otro día. Yo después me quedaba horas deseando que esto tan delicioso que me comentaba Felipa, se diera pronto en mí vida. Cerraba mis ojos haciendo un recorrido por mí cuerpo, mis manos tocaban con suavidad partes que me elevaban hasta el cielo… ¡Maravilloso!

La Muerte formaba parte de mí diario vivir y aunque todos sabemos, que lo único que tenemos seguro al llegar a éste mundo es morir, irónicamente ésta y yo estábamos unidas de por vida…

Mi padre a quien yo veía como sabio decía: -La Muerte se sabe tan segura de su triunfo sobre nosotros, que antes de festejar su victoria, se aparece con un elegante traje de noche satinado color negro y nos da de ventaja la vida entera. Luego ahí, donde se acaban todos nuestros recursos, se presenta con total altivez; nos mira mostrando una sonrisita burlona en su rostro y nos dice con entera satisfacción como si se tratara de un juego de ajedrez: -¡Jaque mate!

Y nos transporta suavemente al próximo lugar en donde también viviremos, pero ya no será nuestra contrincante, sino nuestra familia. El día en que tú naciste -decía- ella te tomaba a ti con una mano y a tú madre con la otra. Yo luchaba con gran fuerza por la vida de las dos. Me sentía abatido, cerré mis ojos y bajé la cabeza para entrar en oración. Entregué el alma entera y en un instante estuvimos tan compenetrados, que pude sentir su frialdad abrasándome; ¡el pánico me hiso parar! En ése instante supe que no lo lograría, que yo no tenía el poder y la autoridad para detenerla. ¡Ése fue el momento en que me derrotó! Pude sentir el gran entusiasmo que esto le produjo. Luego en un instante se olvidó por completo de mí y puso sus ojos en ti, pero al ver tu belleza tan extraordinaria y tu fragilidad tan genuina; le nació por primera vez el instinto maternal y decidió adoptarte dándote la oportunidad de existir.

Se llevó a tu madre, pero a cambio te regaló la oportunidad de vivir con tanta suerte. ¡Lo único de lo que podemos sentirnos seguros al nacer, es de morir! Pero tú no debes temer, ustedes ya se conocen son como madre e hija. La próxima vez que se vean, será para estar juntas por toda la eternidad. Yo por el contrario pagaré un precio muy alto por amarte tanto. Luchar contra ella en aquél momento fue un acto de irreverencia, la factura por ser tan osado, llegará...

En mí casa se hablaba de La Muerte siempre con mucha familiaridad. No faltaba el día en que algún conocido de mí abuela hubiera fallecido. Entonces ella entraba a mí recamara diciendo: - Arréglate; ya sabes, sin maquillaje y vístete de negro. Luego llegábamos al velorio, saludaba con un aire de tristeza y solidaridad. Tomaba de la mano uno a uno de los asistentes y les decía: -"Mi más sentido pésame". Yo iba despacito a tras de ella, haciendo lo mismo. Veía las caras de todos los presentes, algunos sufriendo en realidad, otros no.

Definitivamente a las personas les agradaba ésta actitud, a mí me parecía patética, pero así se usaba y lo hacíamos pensando que era lo adecuado. Las personas bien educadas se comportaban con clase y ésta desagradable acción, me ponía en el nivel de virtuosa. Para mí familia era muy importante, que yo mostrara que era una señorita "bien".

Estudiosa, religiosa, encerrada, atenta, bonita y recatada. Todas éstas virtudes las exhibían como en un escaparate, así podían verme los mejores hombres del pueblo, algunos; miembros de las familias más importantes. Había que estar a la altura.

 A mí me gustaba ir con mi abuela a cualquier parte, era una oportunidad de salir y ver algunos chicos que me parecían lindos. Trataba de memorizar todos los detalles, de quiénes yo consideraba atractivos. Luego en algún momento cuando Felipa estaba desocupada, yo le daba explicaciones de cuanto había retenido y ella me proporcionaba informes, de todos los muchachos que me habían interesado.

Aquél domingo la abuela me levanto muy temprano, ruidosamente entró a mí recamara diciéndome: -Ponte muy bonita que quiero que conozcas a alguien. Después del desayuno tocaron a la puerta, ella salió y luego regresó queriendo saber: -¿Lista? Nos vamos ya.

El hombre estaba esperando por nosotras ahí parado en la banqueta, lo miré casi de reojo; alto, gordo, viejo y feo; su cara tenía marcas de haber padecido acné.

Mi abuela lo presento: -Mira mi vida ven, el señor es don Ramiro. Acaba de regresar de Rusia, le gusta viajar mucho y hoy nos acompañará a misa. Qué difícil era darme cuenta de las intenciones de mí abuela. Empezamos a recorrer el camino que nos llevaba a la iglesia, don Ramiro me tomaba del brazo, lo hacía por atención, pero a mí me molestaba. Después de caminar las dos cuadras para llegar a la capilla, yo estaba realmente enojada. Al andar él señor se juntaba un poco más a mí; y cada que podía rosaba mi pecho. Parecía que mi abuela no lo notaba, o solo no decía nada. De la misma manera regresamos a la casa, yo no podía hacer nada más allá, de sentirme muy disgustada. Me habían educado para no escandalizar; parte de ser instruida era no reclamar. Cuando estuvimos solas, me dijo: -Don Ramiro tiene mucho dinero, es ganadero; debes pensar que no puedes estar sola. Y tampoco puedes casarte con un infeliz que te haga vivir en la miseria. Date tu tiempo lo veremos el domingo, nos acompañará a misa.

En cuanto llegó mi padre hablé con él: -Papá -le dije- hoy sucedieron cosas que no me gustaron, quiero saber si eso es lo que tú quieres para mí...

Al día siguiente mi abuela entro muy molesta a mí recamara, diciendo: -¡Quise acomodarte con un hombre distinguido, pero tu padre te tiene muy consentida! ¡Había comprado dos boletos para la graduación de Maty la nieta de doña Cata; pero estarás castigada! Solo me tranquiliza saber que tarde o temprano, te casarás con un buen hombre. ¡Ay Dios bendito, nada más porque La Muerte la tocó! Yo prefería el castigo; estar encerrada era algo a lo que estaba acostumbrada, ¡pero don Ramiro, no!

Para mí madre, tener un hijo era definitivamente la realización en su vida. Mes tras mes decía estar preñada y luego de unos días de retraso llegaba su menstruación. Un día después de cinco años de matrimonio, se sintió verdaderamente mal.

Llamaron a don Jacinto el médico del pueblo, éste les dio la noticia: -¡Ahora sí tenemos un embarazo! Bueno doña Gertrudis a cuidarla mucho, ya ve que esta muchachita nos ha salido delicada.

¡Para mí padre yo era todo! Cuando había bebido llegaba por la noche, entraba a mí recamara y me decía: -No me arrepiento de las decisiones tomadas, nadie es más importante que tú, ¡eres mi vida entera! Eso me gustaba mucho, hacía valer todo el encierro en el que me mantenía. Yo tenía una vida maravillosa y todo lo que yo no podía vivir, Felipa me lo regalaba. Era mi conexión con el mundo real...

El domingo era el día en que ésta se iba a su casa. Pasaba toda la semana trabajando y jamás noté que extrañara a su familia, pero de todas formas se iba. Éste era para mí el día más largo de toda la semana. Yo sabía que el lunes habría historias interesantes que escuchar. Felipa era una muchacha muy libre y al mismo tiempo juiciosa, se divertía mucho pero muy sanamente.

Su carácter alegre no le impedía reflejar en su comportamiento prudente, la buena educación que había recibido por parte de su familia.

Ellos le permitían gozar de la vida de manera responsable y tranquila. Yo guardaba en mis pensamientos todo lo que mis deseos creaban, casi con el propósito de que las historias de Felipa se acercaran a las que me imaginaba. Miraba a través de mis ganas provocadas por mis carencias, así fabricaba mi propia versión, totalmente inexistente pero anhelada. Podía sentir la necesidad de una ilusión, misma que despertaba mi imaginación a niveles muy altos. El tiempo de un novio en mí vida había llegado, pero aunque todo lo reflejaba así; nadie me lo permitiría, no por el momento...

Sabiendo que el lunes era el día más esperado de toda la semana; hacía mis tareas entre clase y clase, así podría llegar y en lugar de estudiar ocupaba ése tiempo para escuchar con atención las historias de Felipa.

Volvía de la escuela con rapidez y mientras comíamos, le decía a mí abuela: -Tengo mucha tarea, ¿puedes decirle a Felipa que me ayude? Me miraba frunciendo el ceño, entonces de inmediato decía yo: -¡Es mucha! Así que en seguida le gritaba: -¡Felipa! - Dígame doña Gertrudis.

Aparecía apresurada sabiendo de qué se trataba: -Despúes de comer recoges y limpias la mesa; te dedicas a ayudarle a la niña ya sabes, los lunes le dejan mucha tarea. Luego nos encerrábamos en mí recamara, ella empezaba a contarme sus historias, todas me gustaban mucho, pero las de los muchachos ¡más! Un lunes cuando ya estábamos encerradas en mí habitación, me dijo: -Le gustas mucho a un amigo mío...

Los padres de mí abuela se habían casado gracias a un arreglo entre sus familias. No se decía abiertamente, pero al parecer esto ocurrió debido a cuestiones económicas. En aquella época era muy común, que los matrimonios fueran de ésta forma. Luego como era de esperarse, vino el embarazo de su madre. Y mientras ésta estaba preñada, su padre se fue a formar parte de las filas del ejército de Pancho Villa. Se unió a todos aquellos mexicanos, que estaban en contra del gobierno de don Porfirio Díaz, en la revolución mexicana.

Varón de principios firmes, de ideales grandes, soñaba con la justicia; dicen que no lo pensó dos veces. Un grupo de hombres fueron a visitarlo, le pidieron que se uniera a la lucha, y él ¡se enroló con los valientes!

A aquellos individuos que pensaban que derrocando a don Porfirio Díaz y su gobierno, México sería un país prometedor, debido a la riqueza del territorio nacional. ¡Extensión de tierras benditas por Dios! El país contaba con mares, montañas, desiertos, selva, lagos, ríos, minerales, climas diversos, la flora y fauna más variada. Tradiciones Hermosas y variados dialectos. Pero sobre todo estaba lleno de hombres y mujeres con valores y principios morales inquebrantables; ¡en fin, de todo!

Las riquezas del mismo sobreabundaban, claramente se veía la gracia derramada por la mano de Dios. ¡En México la gloria era hecha! Aquellos hombres valientes, mexicanos dueños del orgullo que les nacía por las firmes convicciones, abandonaron todo para ir de tras de un sueño de libertad y justicia, llenándose de honor. Creyeron en la construcción de un país lleno de las mejores oportunidades, para los ciudadanos del futuro. Dar la vida por la causa valía la pena. Le evitarían a las generaciones posteriores, la posibilidad de ser explotados por unos cuantos, que a través de eso se hacen millonarios. Los mexicanos ya habían vivido mucho dolor y pensaban que gracias a la revolución; las cosas de las cuales carecían en aquél momento la gran mayoría de los habitantes del país, llegarían con el triunfo de ésta. Cosa que ocurrió muy poco a poco.

Relativos se vieron reflejados los cambios reales. ¡Qué equivocados estaban todos aquellos hombres que dieron sus vidas, por un sueño de paralelismo y equidad!

Para algunos mexicanos, trabajar dentro del gobierno se convirtió en el gran negocio. Lo que favorece desde entonces solo a una minoría, quienes vienen de las mismas familias que ocupaban los mejores cargos después del triunfo de la revolución; y a unos cuantos que corrieron con suerte. Desde entonces hemos visto pasar a muchos gobernantes, algunos llenos de ambiciones personales. Hombres que han hecho valer su postura gracias a la tremenda ignorancia de la mayoría de los mexicanos. Hombres con total falta de valores humanos, abusivos y corruptos. Hombres que debido quizá, a la falta de leche materna de sus progenitoras, hacen alianzas con la maldad, el abuso y la injusticia.

Los mese pasaron y mi abuela nació en 1910, año de la revolución. Su padre no pudo conocerla, pues lo mataron en batalla poco antes del nacimiento de su hija. Pobre de mí abuela, desde el día en que esto pasó, su destino se escribió con tintes de desamor, abandono y soledad. Su madre que era joven y bonita, pronto encontró un hombre con quién contraer nuevas nupcias. Seguramente ése hombre no debió de estar muy enamorado, pues de inmediato condicionó a la mujer, obligándola a renunciar a su hija. Así fue que mi abuela terminó viviendo a lado de un par de tías solteronas, quienes se hicieron cargo de su formación. Creció siendo bien educada; la favorecieron mandándola a estudiar para maestra, cosa importante en aquellos años, pues no se acostumbraba que las mujeres estudiaran.

Ya como adulta conoció a un ingeniero, ¡el hombre de su vida! Dicen que estaban muy enamorados. Tuvieron una relación larga y con el tiempo la familia del novio, logró que ésta se acabara. Acontecimientos que marcan y llevan a los protagonistas a vivir una realidad inesperada. Argumentaban que una mujer que había sido abandonada, terminaría por abandonar a su familia. Son maldiciones decían, cosas con las que uno carga toda la vida.

Y gracias al amor que sus tías le profesaban, finalmente arreglaron su matrimonio con un hombre que estuvo dispuesto a casarse con ella. Equivocadamente él creyó, que la gran belleza de mí abuela, sería suficiente para conseguir amarla. Lo que ninguna de éstas personas sabían, era que éste hombre, mi abuelo; acababa de perder a su novia de la que estaba profundamente enamorado y quien había sido víctima mortal del cáncer. Razón por la cual, poco le importaba lo que hicieran con su vida. Posterior al matrimonio, nació mi padre, y los problemas entre la pareja no se hicieron esperar. Pasaban gran parte del día peleando, el trataba de ser paciente pero su mal comportamiento, ya la tenía muy enojada, por lo que mi abuela no desaprovechaba cualquier oportunidad para molestarlo. Es alto el precio que pagan las personas cuando toman decisiones sin razonar.

El dinero para los gastos regulares era insuficiente; mi abuela quien era una gran administradora, hacía rendir los pocos pesos con los que contaba.

Una gran parte de los recursos económicos, estaba destinada a la diversión de mí abuelo. Por éste motivo él comenzó a mentir, trataba de justificar sus desordenes. Las personas que mienten van cayendo poco a poco en un círculo vicioso del que prácticamente es imposible salir. Comienzan diciendo algunas mentiras piadosas, ésas que no parecen notarse; pero para sostener una mentira hay que mentir más. Luego el día que por alguna extraña razón dicen la verdad, ya nadie les cree, pues lograron convertirse sin darse cuenta en mentirosos compulsivos.

Siendo éste joven y bien parecido, no tardó en conocer a muchas mujeres que le creían todo y se encargaron de hacerle la vida feliz. Él no solo era mujeriego, sino que además era descarado. Mi abuela se enteraba siempre de sus aventuras; eso terminó por hartarla. Así es que no hacía reclamos, solo aceptaba en silencio que la relación estuviera irremediablemente rota. Él era muy desvergonzado y por esa razón todos nos habíamos puesto de lado de mí abuela. Para ella no solo se trataba del mal comportamiento de su lángaro marido, sino que además no había superado nunca el abandono de su madre. Y vivir con el marido, siempre enamorado de la difunta Rosa o cualquier otra mujer, provocó que la pobre se fuera amargando poco a poco. ¡Yo la adoraba! Se mostraba aparentemente muy recia, pero su espíritu noble aparecía en todos los momentos de su vida; solo había que conocerla bien. Recuerdo como hacía sus separaditos de dinero, luego cuando ya tenía una cantidad decorosa, me decía: -¡Mira; te compré ésta ropita! ¡Está lindísima, pruébatela y si no te queda, la cambiamos! Era muy detallista, en algún momento de su vida había encontrado la forma de darse con amor a las personas, a través de eso. Le costaba mucho expresarme con palabras todo su cariño; para ella mostrarse sensible la ponía en peligro. Tal vez en el fondo pensaba que si lo hacía, perdería el control que ejercía en absolutamente todo y eso no lo iba a permitir.

Pero a través de sus acciones ¡me gritaba cuanto me amó! Dedicaba prácticamente todo su tiempo a servirnos, especialmente a mí.

Quería que yo fuera ejemplo de virtudes, y a pesar de ser tan estricta volcaba en mí a su manera, todo ese amor reprimido.

Por tenerte a ti -decía- La Muerte siempre está presente en mí vida. Por las noches me imagino que es la mismísima Rosa, la difunta; la que se apareció aquél día en que tu madre murió. Ella es la que impidió que fuéramos felices. No se dio cuenta que estaba muerta. Me ha perseguido todos éstos años para reclamar un lugar que cree le pertenece. Piensa que soy la amante de tu abuelo y me acosa, pero no me volverá loca. ¡Ay señor de los cielos, viene a cobrar venganza! Está aquí alojada entre nosotros, dañando todo lo que a mí respecta. Pero a ti no puede tocarte pues antes, te hiso suya La Muerte.

Las conversaciones con Felipa me mantenían en suspenso. Lograba que parecieran una novela. Llevaba al límite de la desesperación a cualquiera. Al platicarme sus vivencias, era la descripción personificada. Empezaba haciendo gestos simpáticos que animaban a curiosear. Hacía magistralmente uso de la comunicación corporal, caminaba de lado a lado, se sentaba, se paraba, brincaba, bueno de todo...

¡Era un gran espectáculo verla platicando! Todos los temas a los que se refería, los elevaba a la cúspide raptando mi atención por completo. Tenía el talento nato del mejor orador. Ponía la gracia de algunos comentarios chuscos, incluso en conversaciones seria; rompiendo así con la formalidad. Su talento era nato, solo le había hecho falta el apoyo. Las oportunidades reales para lucirlo, ella estaba llena de cualidades y además tenía un gran corazón, atiborrado de amor para brindarles a todos los que por alguna razón estábamos cerca. ¡Qué gran mujer!

-¿No te imaginas a quién le puedes gustar de mis amigos? ¡Adivina! Me dijo aquél día, en el que platicábamos en mí recamara: -¿Te acuerdas de los muchachos a los que has estado viendo en misa?

¿Me tengo que acordar de todos? –dije.

¡Pues claro! ¡Vamos, dime!

Mejor dame pistas.

¡Está bien! Alto, rubio, ojos verdes…

¿Ya diste? Sí

¿Cómo sabes que le gusto?

Lo encontré en la plaza; yo estaba con mí novio, él me tenía muy abrazadita, eso me gusta; hace que sienta su respiración tan cerquita de mí oreja. Luego él sopla suavemente y yo empiezo a sentir un cosquilleo que…

¡Felipa! -Gritó mi abuela:- ¿Qué estás haciendo niña? Espera -dijo - luego te platico bien; y salió corriendo. Yo me quedé encerrada en mí recamara, pero ya no podía estudiar tranquilamente. Me interrumpía a cada instante la idea del soplidito en la oreja, ¿para qué sería? Y en algunas ocasiones tenía que esperar hasta la siguiente semana. Y así el lunes, después de comer nos encerrábamos en mí cuarto y continuaba el relato. Se acercó -dijo- y mi novio lo miró enojado. Pero valiente el hombre, sacó ésta bolsita de papel estraza y dándomela preguntó: -¿Puedes dársela a tu patrona? Yo me reía a carcajadas: -¿A doña Gertrudis? -dije en cuanto pude- y luego los tres nos reíamos. Dijo entonces: -A Isabel, solo dásela por favor y dile que la mando yo, gracias. Y se fue. En cuestión de segundos pasaron por mí, una mescla de ideas y sentimientos. Pude notar que mi rostro se ruborizaba, mis manos empezaron a temblar ligeramente, los latidos de mí corazón se aceleraron y mi respiración se hizo pesada. Felipa con un gesto de travesura en su carita, sacó la bolsita y dándomela me ordenaba: -¡Anda ábrela! ¿Dime qué se esconde ahí dentro? Muy nerviosa me asomé para ver que había en el interior. Pude notar que Felipa me observaba muy atentamente, eso me hizo sentir un poco avergonzada.

Un temblorcito incontrolable hacía que mis manos perdieran un poco el control. Finalmente descubrí un pedazo de papel, lo saqué y pude leer: -"Isabelita, eres la muchacha más bonita de éste pueblo, te mando un ósculo." Pero estuvimos buscando y no había ¡nada! Por ése motivo no quisimos ninguna de las dos, saber nada más del hombrecito ¡mentiroso!

El cariño y la confianza fueron creciendo entre nosotras. Hablábamos cada día de cosas más intimas y profundas. En ocasiones no hacían falta las palabras, con mirada y gestos lográbamos comunicarnos. Con el tiempo nos dimos cuenta, que éramos amigas...

Felipa vivía a través de mí el amor que mi familia me tenía, y yo vivía a través de ella, la libertad. Podía notar en su mirada cuánto deseaba un trato igual al que me daban a mí, justo como ella notaba ¡mis ganas de vivir! Pero jamás dije nada.

Un lunes de "Chuchitas Cuerereras" (nombre que hacía referencia a las personas chismosas) por fin se atrevió y después de un suspiro profundo, dijo: -Cuándo yo llegue aquí veía lo encerrada que estabas, llegué a sentir lástima por ti. Pensaba: -Pobre se ha de aburrir muchísimo, cuán grande es la desconfianza que le tienen, no goza de vida propia, terminará tan amargada como su abuela. Pero al paso del tiempo, entendí como te quieren y lo feliz que eres. En algunas ocasiones he sentido lástima por mí...

Lloró y la abracé. No quise preguntar qué le pasaba, por qué se sentía así. Comprendí que en algunas ocasiones te toca ser el filo de la navaja, en otras te toca ser la herida. Solo ella sabía que le había tocado ser hasta ése momento.

Mi padre no quería volver a casarse, decía que ya tenía todo lo que necesitaba para ser feliz, pero mi abuela le llamaba la atención, por su manera tan ligera de vivir: -¡¿Hasta cuándo terminarás con ésta vida llena de mujeres?! ¡Sienta cabeza, que un día serás un anciano y no tendrás a nadie!

¡Necesitas una mujer que te ame de verdad, que te atienda y haga compañía! Él permanecía en silencio, no era capaz de contradecirla; lo consideraba una falta de respeto. Y cuándo mi abuela se volteaba me miraba guiñándome un ojo, añadiendo al regaño una ligera sonrisa apenitas dibujada en su rostro, como un toque mágico. Yo entendía que realmente era feliz, ya tenía una familia y todas las mujeres que él quisiera. La única razón por la que no me permitía el sexo ni en plática; era por lo que hacía él. En todos éstos años pude ver mujeres realmente enamoradas, más con total falta de compromiso, él simplemente se divertía. Lo triste era darme cuenta de lo poco que se valoraban todas estas chicas que pasaron por su vida. ¡Daban lástima! No lograban que él mostrara interés, solo las usaba sexualmente abandonándolas después de varios días. ¡Él era tremendo sínico! Yo podía escuchar cuando hablaba por teléfono, las palabras hermosas que les decía, y al mismo tiempo veía las caras de diversión que éste ponía. Entre menos se valoraban ellas, poco o nada las valoraba mi padre. También podía darme cuenta solo por sus gestos, en qué momento ya se había cansado de alguna. Y cuando me decía –contesta tú- era porque una de ellas ya lo tenía ¡harto!

Siempre preocupado; me daba malos ejemplos pero buenos consejos: -Los hombres son cazadores natos -decía- la mujer es la presa. El juego del gato y el ratón se vuelve aburrido, en el momento justo en el que se le atrapa a ésta. Hay dos formas en que el cazador se mantiene interesado, una: Que el botín esté muy custodiado, otra: Que se ponga difícil la cacería. Entonces las mujeres han de ser muy cautelosas, astutas, inteligentes; para que el juego no se vuelva rutinario y aburrido. Más como tú eres una niña, mientras aprendes a ser todo esto, te protejo. Los pastores cuidan de su rebaño, no importa de cuantas ovejas conste; yo solo te tengo a ti. Lobos hay muchos, pero no se devoraran a mí único corderito.

Yo entendía perfectamente ésta actitud; ése celo estaba basado en el gran cariño que él sentía por mí, mismo que provenía del inmenso amor que sitió algún día por mí madre.

Las conversaciones con Felipa subían de tono, conforme nuestra amistad y confianza crecían. Terminé por llamar a los lunes, "Día de Chuchitas Cuereras y Sexo".

Me dedicaba a escuchar con mucha atención e interés, las narraciones de los momentos que pasaba con su novio. Aprendí a hacer distinciones, no todo lo que narraba me gustaba, algunas de las cosas que ella platicaba me parecían asquerosas.

Como el beso en la boca, los detalles de todas las emociones que su novio le hacía sentir me agradaban, pero eso de introducir y juguetear con las lenguas no, sentía repulsión.

Deseaba profundamente que apareciera un hombre, que hiciera conmigo algunas de las cosas, que con tanta pasión vivía Felipa; y que describía con todas esas sensaciones, que eran la sal y la pimienta de sus narraciones. Todo esto me motivaba a anhelar momentos ¡de amor, de placer! Instantes maravillosos como los de ella. Y por fin un día apareció Pancho, vecino de tanto tiempo, tres años mayor que yo y muy resuelto.

Me vio salir temprano rumbo la escuela. Dejó que caminara unos pasos, luego atravesó la calle y se acercó a mí diciendo: -Isabel, eres lo más hermoso que he visto, ¿puedo acompañarte? Yo estaba nerviosa, un temblor poco notorio recorría mis piernas. Permanecí sin hablar, pues no podía articular palabra, no sabía que decir, empecé a sentirme muy rara. Una sensación de algo indescriptiblemente rico, se posó en mí estómago… ¡Dios, qué me está pasando! —Pensaba- Podía sentir como la sangre subía a mí cabeza y se mezclaba con el poco maquillaje que me permitían usar, haciendo que mi rostro luciera ruborizado. Él caminaba junto a mí, no paraba de hablar, comentaba cosas que me gustaban; una sonrisita casi reprimida se asomo en mí rostro sonrosado. Empecé a avanzar despacito, alargando ése momento. Una extraña sensación de flotar me invadía y me gustó. Que felicidad tan distinta a lo que yo conocía, tan nueva, tan grande…

Quise que el mundo entero se paralizara a través de detener el tiempo, para que todas éstas emociones maravillosas quedaran consagradas. Y así en silencio le permití que me acompañara hasta la puerta de la escuela, luego dijo: -Vendré por ti a la salida; yo sonreí y con un movimiento de cabeza asentí. Creí que eso que me hiso sentir, lo notaba toda la escuela. Todo el día estuve como zombi, repetía en mí mente cada momento, cada palabra, cada gesto. Revivirlo era inevitable, estaba fuera de mí control, pero además me gustaba. ¡Dios -pensaba-, esto es de lo que Felipa habla! Y sin conciencia real, esperaba que ya sonara el timbre que anunciaba el fin del día en el colegio, para salir corriendo.

Y sí, saliendo pude observar que ahí estaba Pancho paradito, recargado en un árbol del otro lado de la calle. En cuanto me vio se atravesó, luego me quitó de las manos la mochila, la colgó en su hombro y empezamos a caminar juntitos. Yo agaché la mirada, creí que si yo no veía a las demás personas, nadie se fijaría en mí. Era importante evitar los rumores, si mi abuela se enteraba que me citaba con alguien, habría problemas y me daba mucho miedo sobretodo la reacción de mí padre.

Sin embargo, ésa adrenalina que éstos maravillosos sucesos podían generar, me impulsaba a continuar a pesar del riesgo; inclusive esto hacía que lo deseara más.

Casi llegando a la casa pude hablar por fin, pero solo fue para pedirle que hasta ahí me acompañara; se detuvo me miró con seriedad y me devolvió mi mochila.

Comprendió el peligro en el que estábamos y sin decir nada accedió de inmediato. Se quedó ahí paradito, mirándome quieto hasta que entré en mí casa. Al llegar vi que mi abuela lloraba. -¿Qué pasa abuelita?- Pregunté. Luego ella agachó la cabeza y dijo: -Nada mi niña, solo extraño a tu abuelo. La abracé con cariño y permanecí escuchando: -Estaba recordando sucesos felices en nuestras vidas. No todo lo que se vivió fue malo. ¡Yo aprendí a amarlo día con día! Pero el orgullo es un sentimiento fuerte, jamás pude perdonarle que fuera tan mujeriego y que amara a la difunta. Aquel día cuando tu abuelo agonizaba, me di cuenta de la presencia de Rosa en el lugar. Había esperado mucho tiempo por él; ahora solo se trataba de unos minutos para que por fin se fueran juntos. Mientras su vida sucumbía la llamaba: -"Rosa, mi amada Rosa, estoy listo"… -Hoy simplemente pienso en él, y al hacerlo lo siento. Veo su presencia en toda la casa; tu abuelo me sigue todo el día, le pasa lo mismo que a Rosa, no saben que están muertos. ¡Ay hijita, estamos llenos de fantasmas! Si La Muerte no te hubiera tocado…

Después de eso, los espíritus viven entre nosotros, no tenemos opciones; compartir el espacio con ellos es inevitable. Aquí están los puedo sentir, parece locura, ponen palabras en mí mente y cuando me doy cuenta ya estamos platicando. Pienso que aquel día en que tu madre y tú agonizaban, fue determinante. Se quedó callada por un momento, me dio la impresión de que hacía esto, solo para poder detener el llanto que le provocaba recordar aquel suceso tan lamentable. Lugo con fuerza que sacó del fondo de su alma continuó hablando.

Mi pobre hijo estaba en la capillita de la clínica; me asomé para ver si podía ayudar en algo, y como me dolió darme cuenta que él arrodillado no paraba de rezar. Le imploraba a La Muerte: -¡No te las lleves por favor, no me las quites!

Ambas rosaban la línea que separa ésta realidad de la otra. Y en un momento lo buscó don Jacinto él médico del pueblo; y le dijo: -"Licenciado qué hacemos están muy delicadas; no podemos lograr que vivan las dos. Sé que para usted es muy difícil escoger pero tendrá que hacerlo. Esto solo es una clínica rural no contamos con muchas cosas. Yo hago todo lo que puedo pero necesitan atención especial y ya no da tiempo de ir hasta la capital, llegarían muertas. Ha llegado el momento que a nadie le gusta vivir. Él se quedó momentáneamente paralizado con la desagradable noticia. En seguida don Jacinto continuó: -No podemos salvarlas a las dos, yo únicamente soy médico general.

Hay cosas que solo puede atender el especialista. Trate de comprender esto y nuestra limitada humanidad. Ayúdenos tomando una decisión.

Le comunico que en caso de que decida por la vida de su esposa, no podrá embarazarse otra vez; tendríamos que retirar la matriz."

El pobre no podía parar de llorar, me abrazó diciendo: -Mamá por favor dime tú ¿qué hago, cómo voy a elegir entre las dos? ¡Ayúdame! Lo sostuve entre mis brazos con cariño y firmeza, tratando de darle valor y seguridad para decidir.

Luego lo retiré un poco, y le dije viéndolo fijamente a los ojos: -Tienes una vida por delante, solo la podrás compartir con una de ellas; dime, ¿qué esperas que diga yo? Solo tú sabes ver dentro de tu corazón, con quién prefieres estar. Sus lágrimas no dejaban de brotar, haciendo notar su enorme angustia y su ineptitud para decidir por alguna de las dos.

Tratando de serenarlo comenté: -¡Qué más quisiera que ambas pudieran vivir, pero eso no es así! Muy desagradable tu posición, delicada y complicada. Hoy como si fueras Dios, tienes en tus manos el poder para salvar a una, ¡que malsana situación la tuya! Más si decides que sea la niña la que viva, yo te ayudaré a criarla y si dispones que sea la madre, hazte a la idea de no tener hijos, ya lo sabes. Ahora siente en tu alma lo que más quieres y toma una decisión que no hay tiempo... Luego dijo: -¡La niña doctor, salve a la niña!

La forma en la que yo vivía era simple y rutinaria. Estaba tan acostumbrada a vivir así, que no me molestaba. Pero los recientes y diferentes acontecimientos, me mantenían distraída de lo mío. Pancho hacía lo mismo todos los días, yo disfrutaba mucho que él se manejara con tanto interés hacia mí, era platicador y efusivo. Luego cuando caminaba tan pegadito a mí, rosaba con su mano la mía y ¡cómo me gustaba! Me hacía reír mucho, él era divertido y cariñoso. Se manejaba con gran sentido del humor; era la forma de mencionar algunas cosas lo que me cautivaba. Al caminar meneaba los hombros un poco, eso le daba un aire ¡de macho! Después con el paso de los días, se fue acercando un poquito más; de pronto tomó mi mano y yo no dije nada simplemente lo permití, pues me hacía sentir una excitación que me gustaba. Él lo notaba, pues de repente le daba un apretoncito a nuestros dedos que daban la impresión de estar trenzados.

Yo reprimía un suspiro; sentía ese temblorcito nervioso pero suave, que empezaba en mis piernas y me recorría toda. Mi corazón latía con tanta rapidez que creí que se me saldría. Por más que yo quería esconder todo esto, llegue a pensar que se notaba.

Hablar sin tartamudear era difícil, quería decirle muchas cosas pero claramente no podía. Yo ya no era la misma, se estaban dando en mí cambios que me gustaban.

Una metamorfosis que no podía controlar. La idea de sentirme como idiotizada me daba una dualidad fantástica. Por un lado me hacía sentir muy enamorada pero por el otro me ponía en serio peligro con mi familia, pero aún así lo estaba disfrutando mucho. Abiertamente   crecían   mis   deseos   de   que   esto   tan extraordinariamente rico pudiera aumentar. Sentir que deseaba más no me avergonzaba.

Esto hacía que todo el día trajera dibujada en mí cara, ésa sonrisita de boba y que me sintiera feliz. Mis emociones descontroladas generaban un fascinante estado comparado con la hipnosis.

Pero andar como levitando me ponía en aprietos, tenía que ser muy cautelosa, para no verme descubierta. Mi abuela era muy lista y me conocía muy bien; llego a decirme algo en cierto momento, en el que yo estaba completamente distraída. Yo la podía oír, pero no escuchaba…

¡Te estoy hablando! ¿Qué estás sorda? -Protestó- ¿En qué diablos estás pensando, que no me pones atención? Yo tenía que salir del apuro, con una mentirita piadosa: -Cosas de la escuela, nada importante. -¡¿Si?! -Decía ella: -Pues para no ser importante, estás muy concentrada. -¿Hay algo que yo no sepa y que quieras decir tú, antes que las chismosas del pueblo?

Pasaron las semanas y Pancho ya me abrasaba. Tocaba mi hombro con suavidad y en algunos momentos daba un apretoncito que me parecía delicioso. Trataba de besarme pero yo no me dejaba; recordaba el día en que Felipa me platicó, que el novio le metía la lengua cuando lo hacía. Recuerdo que decía que era muy rico pero a mí me daba asco, solo imaginar que sentiría su saliva me revolvía el estómago. Y así sin esperarlo, no me lo pidió; me tomó fuerte entre sus brazos ¡¡y me besó!!

¡¡La cosa más deliciosa de mí vida!! Hubo unas cosquillitas que me recorrían todo el cuerpo, y hacían que la excitación creciera más y más. Nuestra respiración se tornó fuerte, agitada. Involuntariamente mi cuerpo se meneaba suavecito rozando el suyo. Y lo que era un besito sin malicia, se convirtió en un beso con

¡deseo! Yo no podía detenerme, me estaba calcinando por dentro y el también. Podía sentir como crecía sin control, ¡eso tan rico! Sus brazos me oprimían, lo sentí muy pegadito a mí ¡y cómo me gusto! Logró que emitiera sonidos extraños provocados por la excitación. En un momento sus manos que acariciaban mi cara, mi pelo, mi espalda, tocaron mi pecho…

¡Y ahí paré en secó! ¡¿Qué haces?! -Le dije. -¡Yo no estoy lista para esto! -Será mejor que ya no nos veamos más. Y entonces él comentó: -Iré a hablar con tu papá. -¡¿Estás loco?! -Dije yo- ¡¿Quieres que nos maten?! -Y dijo- Entonces habla tú con él, ¿O tienes miedo, a caso tu padre come hijas? ¡Solo dile la verdad, si no lo haces tú, lo haré yo!

¡Pídele que te de permiso de tener novio, iré a verte a tu casa todos los días! Y se fue dejándome el compromiso de tener que enfrentar a mí padre, yo sola.

Me tomó varios días, Pancho me veía diario y preguntaba: -¿ya hablaste con tu papá? Cuando le decía que aún no lo hacía, me cuestionaba enojado: -¡¿y cuándo lo harás?! ¡¿O quieres que lo haga yo?! ¡Tú dime! ¡No!- Inmediatamente le contestaba- Yo lo haré, trataré de encontrar el momento oportuno y veré si puedo hacerlo sin problemas.

Y por fin hallé la oportunidad precisa, para decirle a mí padre que me permitiera, que un "amigo" me visitara.

Él me hiso varias preguntas. Me ponía muy nerviosa su mirada; parecía que lo sabía. Yo me comportaba con seriedad. Por último preguntó: -¿Quién es el muchacho? Y con total inseguridad respondí tartamudeando: -Pancho papi, el vecino. Está bien. -Dijo mi padre, frunciendo el ceño. -Te doy autorización para que te visite todos los días, una hora por la noche -¿te parece bien de siete a

ocho? Yo asentí con la cabeza. En seguida llamó a mí abuela: -
¡Mamá ven, que tengo algo que decirte! Luego ella apareció muy
obediente y mi padre le dio indicaciones: -A la niña la va a venir a
visitar todos los días por la noche, Panchito el vecino; ya sabes que
hacer. ¡Y fue todo!

¡Yo no lo podía creer me estaban dando permiso de tener novio!
¡Dios gracias! –Dije. Me fui a mí recamara con esa sonrisa que no se
puede quitar. En el más profundo de los silencios hice muecas
aparentando gritar de emoción, ¡me sentía tan contenta! Apenas
lograba entender que siendo mi padre tan celoso de mí, me
estuviera permitiendo tomar mi vida en mis manos. El corazón me
latía con rapidez, estaba llena de entusiasmo. Pensar que desde ese
día y para siempre ¡sería inmensamente feliz!

Así que en cuanto volví a ver a Pancho le informé, que ya estaba
arreglado ¡todo! Ése día por la noche apareció "el novio", mi abuela
le abrió la puerta muy saludadora: -¡Pasa, pasa hijito, ven siéntate!
Y lo presionó para que él se sentara en el sofá justo donde ella
quería. Y amablemente dijo: -¿Te ofrezco algo Panchito, gustas
refresco o prefieres un cafecito? -Gracias doña Gertrudis. -Dijo él.
Así estoy bien, solo esperaré a su nieta.

Luego ella me llamó: -¡¿Nena?! ¡Ven cariño, tienes visita! Mi abuela
se acomodó en otro de los sillones, estaba sentadita esperando a
que yo apareciera; a mí me colocó frente a ella y toda la hora se la
pasó platicando con él. Felipa pasaba por la sala con algún pretexto.
Cuando Pancho y mi Abuela no la veían, me miraba con una
sonrisita burlona en su rostro y hacia todo tipo de muecas tratando
de hacerme reír. Yo evitaba mirarla, pues me daban ganas de
estallar en carcajadas. Notaba como me subía la sangre a la cabeza
y podía sentir la cara ¡caliente! Me veía obligaba a agacharme un

poco para que ellos no lo observaran; pero Felipa disfrutaba mucho haciéndome la travesura, y no paraba.

Hubo momentos en que tuve que disculparme inventando tener que ir al baño, para poder salir a reírme sin faltarle al respeto a nadie.

Esto se repitió toda la semana, finalmente ya aburrida, terminé con el noviecito. Supuse que al tener enamorado podría vivir con la misma libertad, con la que vivía Felipa, pero no fue así; por lo que regresé a mí vida; sin Pancho.

El siguiente lunes de Chuchitas Cuereras y Sexo, teníamos mucho de qué hablar y reírnos. ¡Qué fantástico era poder compartirlo todo con Felipa! Yo crecí sin gente de mí edad, lo más cerca que había tenido a una hermana, era ella.

A partir del día en que llegó a trabajar a la casa, todo se hiso más alegre. Mi abuela no la asustaba; Felipa se divertía haciendo caras y gestos como de pavor cuando ésta aparecía, y hasta corría si era necesario. Claramente veía que ella podía jugar y entretenerse con todo. Era muy alegre; a mí me gustaba tanto su forma de ser que trataba de imitarla pero cada una tenía ya definida su personalidad.

Una tarde cuando regresaba de la escuela, noté que había muchas personas fuera de la casa. Me dije: -¿Qué estará pasando? La gente me abrió camino para poder ingresar a mí domicilio. De inmediato se me acercó Felipa y deteniendo mí andar, dijo: -Espera...

Mi padre vivía con la culpa por la decisión tomada cuando nací. Con el tiempo yo logré entender, que su negativa de casarse nuevamente, se debía al hecho de considerar esto como un gravísimo e imperdonable pecado. La muerte era algo que formaba parte de nuestras vidas y cada día se hacía más fuerte su presencia.

Él llegó a decir que ésta era su esposa y por supuesto mi madre. A mí me parecía toda una locura, sin embargo trataba de entender la necesidad que tenía, de darle forzosamente una explicación a todo lo ocurrido; solo así consentía tener un poco de paz en su alma. Era una relación mágica entre La Muerte y nosotros. Espíritus danzaban por toda la casa. Poco a poco empezamos a amarlos; les suministramos poder al creer en ellos. La relación se fortaleció cuando dimos paso a la comunicación, usaban nuestra mente para conseguirla. De pronto ya estábamos enviándonos mensajes, no podíamos verlos o escucharlos pero sabíamos lo que querían. Ellos eran astutos, solo se manifestaban por medio de nuestras mentes. ¡Parecía tremenda locura! Para las personas comunes esto seguramente era la total pérdida de la razón, o quizá una gran mentira. Llegué a pensar que tal vez físicamente eran feos y por eso no permitían que nadie los viera. Los imaginaba monstruosos pero con gran corazón. Por lo que terminé agradeciendo que no se mostraran pues no quería asustarme. Paulatinamente fueron metiéndose en nuestras vidas con el amor y la suavidad de quien no quiere lastimar por nada del mundo. Terminé por hacerme a la idea de que eran buenos y con eso me bastaba.

Empezaron a darnos pruebas de su existencia, pues de manera inexplicable todo lo que deseábamos, terminaba por ocurrir. Lo más extraño era que no sentíamos el miedo natural, que se supone debe haber cuando te enfrentas a lo desconocido. Yo pude entender casi con sabiduría, todo lo que estaba ocurriendo. También comprendí que era La Muerte la que mandaba a los demás espíritus y que en lo sucesivo, solo con ella tendría tratos. Sería la encargada de manejarlo todo de manera pacífica, para que a partir de ése momento nuestras vidas fueran ¡extraordinarias! Las corazonadas existen y yo tenía una muy grande y hermosa. Solo ahora con el conocimiento que me proporcionaba La Muerte, logré saber de dónde vienen los augurios. Son enviados a nuestra mente por y para algo específico. Y la comprensión de todo esto también viene de quien lo envía. Es indispensable que se nos bride un poco de visión, pues nuestra naturaleza humana no nos permite entenderlo sin temor. Pero esto es algo que ella conoce perfectamente.

Por lo que previo a mostrarse ante nosotros le da prioridad al intercambio entre el pánico y la intuición, y una vez realizada con maestría ésta operación, da paso a la relación.

La ayuda que nos brindan tiene una doble intención primero: Que nosotras las personas comunes podamos comprenderlo y así poder seguir viviendo de manera tranquila. Segundo: Facilita la buena comunicación, indispensable para la deseada conexión que se requiere pues hay que irse acoplando con mucha paciencia, cariño y respeto.

Aquella tarde. Cuando Felipa me detuvo entre tanta gente, después de acceder a mí casa, no necesitó decir mucho. Vi en su rostro el reflejo de la fatalidad...

Solo pregunté: -¿Quién? Agacho su hermosa carita, con lágrimas que le recorrían sus rosadas mejillas, sin poder contenerlas a pesar del esfuerzo. Y como pudo; casi entrecortado me dijo: -Doña Gertrudis...

-Estaba cocinando y de repente se calló. Tratamos de hacerla reaccionar, pero no lo logramos. De inmediato le llamamos a don Jacinto para que viniera a atenderla, pero en cuanto la vio, dijo: -Ya no hay nada que hacer. Les sugiero que hagan uso de los servicios funerarios. Yo me encargo de avisarle al cura.

Un paro cardiaco fue el boleto que La Muerte le otorgó a mí abuela, para que pudiera entrar en la otra realidad. La noticia corrió como reguero de pólvora, en solo minutos la casa estaba llena de personas, que hacían el recorrido nefasto del famoso y patético pésame. Ese día terminé de conocer a todo el pueblo.

Felipa y yo no parábamos de atender a tanta gente; íbamos y veníamos de un lado a otro sin descanso. Fue pesado servirles pan y café, a todos. Parte del rito de la despedida, era ser bien educada y recibir amablemente a quienes nos honraban con asistir.

Los de la Florería aparecían sin cesar, las flores llegaban como en primavera: Arreglos, coronas, ramos, incluso botones sueltos.

Un poco más tarde apareció Pancho, me veía con cierta lástima; cuando quiso acercarse a mí, llegó el cura. Una misa se dio en el velorio y otra en el entierro; luego los novenarios... ¡Estábamos cansadísimas! En todos éstos días mi padre poco hizo, él platicaba con todos los presentes, los recibía con cordialidad como iban llegando y su labor parecía ser social. Cuando todo esto se acabó, me pude acercar a mí padre y entonces hablamos. Yo no me daba cuenta de que muchas cosas habían cambiado, pero él se encargó de enterarme...

Isabelita mi reina linda, -dijo con mucho amor: -No sé cómo explicarte las decisiones que he tomado. La casa sin mí madre no será la misma, yo no conozco el manejo de ésta. No puedo dejar de trabajar, soy el sustento económico en absoluto. Dejarás de ir a la escuela; entre tú y Felipa se harán cargo de todo.

Nadie está más familiarizado que tú, con las labores que realizaba mi madre. No lo cuestioné solo obedecí; así era en todo siempre. No me tomaban parecer, sin embargo nunca me sentí afectada por ésta situación. Con inmenso amor aceptaba gustosa las decisiones, que se tomaban para el bien de la familia. Ésa mañana muy temprano nos levantamos y sin más explicaciones, mi padre fue conmigo a la escuela. A los directivos y a mí maestra les explicó lo ocurrido y les notificó que yo ya no iría más. Dijo que le preocupa que no pudiera obtener mi certificado de secundaria, pero no podíamos resolverlo de otra manera. Nos despedimos y sin más nos marchamos.

Desde ése día no fui más a la escuela. Como un acto de amor, mi maestra y la dirección de la misma, al finalizar el curso. Decidieron basados en mí buena conducta y gran desempeño escolar, otorgarme mi certificado de secundaria. Yo lo agradecí profundamente...

Ahora la autoridad absoluta dentro de la casa era mía, pero no sabía cómo hacerla valer. Felipa ayudaba en lo que podía, pero llevarlo todo en completo orden no era fácil.

Aquella noche lluviosa decidí hincarme y pedir orientación; en silencio empecé a platicar respecto a lo que me parecía tan difícil. Confesé mi propia impotencia para hacer de mí, una buena ama de casa, y de pronto estaban en mí mente las respuestas.

La Muerte, los espíritus que le acompañaban y servían; me daban las soluciones. Luego fui descubriendo con un poco de tiempo, que solo era cuestión de desear algo, lo que fuera; ellos me lo darían. ¡Funcionaba de manera increíble y maravillosa! Ponían en la mente de otras personas justo lo que yo necesitaba, logrando con esto, que todos los seres de quienes yo podía precisar, se pusieran a mí servicio sin impedimentos.

Consiguiendo de ésta manera que mis necesidades y deseos, llegaran a mí satisfactoriamente y de forma aparentemente espontanea. Mi comunicación con ellos se hiso muy clara, pero eran reservados, introvertidos, discretos, y hasta ése momento, ¡Solo me adoraban a mí! Parecía que ésta magia no funcionaba con los demás, por mucho que se esforzaran. Todos los sentían, todos veían los "milagros" pero solo yo estaba directamente conectada con ésa dimensión. No sabía si pronto todos tendríamos acceso a La Muerte.

Nunca más sentí miedo; comprendía de alguna manera que contaba con una protección divina. Perecía que el mismo Dios los había mandado a servirme; crearon en mí tanta confianza que nunca sentí miedo de ellos.

Pronto me indicaron lo que les agradaba; velas blancas e inciensos de los aromas más exquisitos. Luego de eso se hicieron notar abiertamente, ¡ya todos los queríamos! Con el paso del tiempo, ésa forma de ser tan tímida desapareció; entonces eran los espectros más traviesos y divertidos. Se convirtieron en la alegría de la casa. Felipa, mi padre y yo, cambiamos ¡en todo!

El único que no era de la familia, pero que los espíritus le permitían tener contacto con ellos era Pancho, quien nunca dejó de visitarme. Ya no había días y horarios yo era feliz. Solo opacaba mi felicidad las visitas de don Ramiro, quien se convirtió en un fastidio.

Parecía no darse cuenta de lo desagradable que era para mí, que un viejo panzón me pretendiera. Con educación y buen trato intentaba hacerle ver, que eso era hasta vergonzoso. Pero el viejito inmaduro y coscolino nunca lo entendió. Así es que se convirtió sin querer, en algo parecido al pariente indeseable, que casi todas las familias tienen. Para nosotras terminó siendo divertido aventarnos una a la otra, el ridículo aprecio de don Ramiro haciendo de esto, todo un partido de tenis de mesa.

A Felipa le causaba mucha gracia ver, que era yo la que terminaba perdiendo siempre. Hasta llegó a decir que en el fondo me dejaba ganar solo porque don Ramiro realmente me importaba, que estaba muy enamorada del señor pero que no lo quería ver. La verdad es que aunque éste jueguito me divertía, aceptaba mi derrota con tal de hacer algo más productivo, pues en eso perdíamos casi toda la mañana. El serio en todo esto era mi padre, se mantenía en su papel de jefe de la casa. Pero la ausencia de mí abuela terminó por pesar mucho en todos nosotros.

Aquélla mañana en que los empleados de la compañía de luz, hacían sus reparaciones en la calle. Me entretuve mirando a través de una ventana, cómo uno de ellos se subía al poste de donde sujetaban el cableado. Tenía la destreza de los simios. Él me pareció atractivo y vino a mí un pensamiento pecaminoso.

Entonces me dio risa saber que mi comportamiento fuera tan desinhibido y le di rienda suelta a las ganas. Estaba tan sumergida en lo mío que no me di cuenta que él notó que lo veía. A pesar de saber que no debía mostrarme franca, no pude contener mi inquieta mirada y la detuve en su trasero pensando: - ¡Que buena nalga tiene, se antoja! De pronto me interrumpió un fuerte grito, creí que provenía de la cocina: -¡Ay virgen del parto, qué está pasando! Dijo Felipa asombrada. Un roce de La Muerte la había acariciado y al no conocer ésta sensación, quedó paralizada de miedo. Pero luego de unos segundos se encontraba experimentando un calorcito lleno de paz. Ésta puso en su mente el primer mensaje, dejando ver cómo sería la comunicación entre todos nosotros: -Tranquila, solo quiero estipular las reglas. Poco a poco nos iremos conociendo y todo lo que deseen, ¡todo se los daré! Pero piensen bien lo que van a pedir, pues aún si quieren hacer grave daño, los complaceré. Y como en todo lo que existe, entre nosotros también hay un importe a pagar. Si lo que quieren es bueno y para bien, se los daré sin costo, si lo que quieren es malo y para mal igual se los daré, pero aquí hay un precio y tarde o temprano les haré llegar la factura a pagar. ¡¡Hecho está!!

Luego se oyeron los gritos de Felipa:

¡Ay Isabel ven, corre!

-¿Qué pasa? -Dije.

 ¿Por qué tanto grito?

¡¿Estás bien?!

¡¡Por Dios, pero si estás transparente!!

¡¿Qué tienes?!

Felipa se deslizó recargada sobre la pared, dejándose caer con las piernas abiertas, hasta quedar sentada en el piso. Yo la miraba asombrada. Luego, con la voz un poco temblorosa dijo: -¡La Muerte habló conmigo, eso me puso nerviosa! ¡Mira mis brazos! ¡Tengo la piel erizada! Y continuó: -"¡Me dijo que nos pondría reglas!". Primero sentí mucho miedo, pensé: -¿Dios me estaré volviendo loca?   ¡Yo sabía que no, que esto no era locura! ¡Estaba aterrorizada! Pero después me quedé quietecita, relajada; tratando de entender lo que estaba pasando...

Para mí nada de esto era nuevo. La Muerte ya mantenía comunicación conmigo. Dejaba en mí mente las ideas que me hacían sentir segura, para ir preparándome respecto a la forma; en que nos favorecería a todos en nuestra familia. Yo me mostraba más madura, lo reflejaba en todo lo que hablaba, lo que hacía.

Definitivamente era por la seguridad que me proporcionaba ella. -Bueno, proseguí: -¿Y qué más te dijo? Felipa se quedó sorprendida al ver la serenidad con la que me manejaba. Con tremenda curiosidad y los ojos totalmente abiertos; inmediatamente preguntó: -¿No te da miedo?

Mi rostro mostraba una sonrisa apenas dibujada, intenté ayudarle tomándola de las manos para animarla a levantarse y le dije: – Al principio...

A pesar de todo lo que desde niña escuché sobre La Muerte y mi relación con ella; yo pensaba que solo eran palabras, cosas que ni mí familia creía en realidad. Suponía que de ésta manera, todos tratábamos de entender cómo y por qué me quedé huérfana. Mi abuela me quería tanto que se adueñó de mí ser; y yo lo agradecí siendo obediente. Jamás la cuestioné; mucho menos la contrarié. El amor y el respeto que yo le brindaba era la única forma de retribuirle todo lo que ella hacía por mí. Evidentemente no era su obligación tomarme a su cargo, y aunque al principio lo hiso por el amor que le tenía a mí padre, pronto terminó haciéndolo por mí. Lo fácil fue reconocer, ¡que yo solo era su nieta! Y aún siendo así me daba tanto amor.

Y sin darse cuenta me obligó a corresponder en la misma medida. Sin embargo para mí siempre estuvo claro; que había sido la gratitud lo único que me obligó, a llenar sus expectativas y a mantener sana mi conducta. Debido a eso me has considerado sumisa, abnegada; pero no es así. Ella me dedicó su tiempo, atenciones, preocupaciones, pero sobre todo su amor. Yo solo pude gratificarla siendo todo lo que ella esperaba de mí.

El día en que La Muerte tomó mi mente por primera vez, -dije- un gran escalofrío recorrió mi ser; pero casi en seguida me hizo saber que todo estaba bien y que así seguiría. Aquélla noche me fui a la cama con mucho miedo, estaba segura que no conseguiría dormir, más poco a poco me fui relajando, y pronto me quedé profundamente dormida. Fue cuando cayó el rayo que quemó el árbol de doña Conchita. Para mí ésa era la más fuerte de las tormentas que yo podía recordar, la más recia que hasta ése momento había vivido. Recuerdo cómo ésa noche mi abuela gritaba asustada: -¡El diluvio, esto es el diluvio! -¿Te acuerdas aquél rayo que cayó en el árbol de doña Conchita, haciéndolo arder con tremendas llamaradas? ¿Y cómo brincamos del susto cuando escuchamos el estruendo, que ocasionó el fucilazo? -Dije- ¡Esto nos hiso reír a carcajadas! ¡Fue maravilloso! Luego vimos cómo el árbol se fue consumiendo al arder en llamas. ¡Y ni la lluvia lograba apagarlo! Ése fue el motivo con el que El Heroico Cuerpo de Bomberos se estrenó en el pueblo.

Había que aprovechar la oportunidad de lucirse, pues desde entonces nunca se ha incendiado nada en nuestra comunidad.

Hablar de eso nos relajó mucho. Y tratando de brindarle un poco de paz a Felipa; continúe mi relato: -Ésa noche, cuando yo ya estaba acostada, noté una energía pasar por encima de mí; supe que era ella, pero irónicamente no sentí miedo y pronto me dormí profundamente. A la mañana siguiente. Me desperté pensando en eso, pero algo había cambiado; ella me hiso presentir que a partir de entonces viviríamos muy tranquilas. Por primera vez desde el día en que mi abuela murió, me vi verdaderamente protegida. Quizá no convenga decirlo, pero ni mi padre me da tanta seguridad. Así es que sacúdete el miedo y empieza a acostumbrarte; que tendremos a La Muerte por un largo y beneficioso período. A disfrutar de la paz, la tranquilidad, pero sobretodo la estabilidad que ésta nos promete. Ya nos dirá ella qué hacer, pero te comento que nosotras nos conduciremos igual que con mi abuela; obedientes y agradecidas.

Los días transcurrían de manera normal, las primeras en levantarse éramos nosotras, Felipa comenzaba barriendo la calle, decía que mi abuela le había enseñado, que la mejor tarjeta de presentación era una calle aseada. Luego entre las dos nos encargábamos de la ropa sucia y de la limpieza del resto de nuestra vivienda.

Para las nueve de la mañana todo en la casa estaba listo, ésta lucía hermosa, y la aromatizábamos con agradables perfumes naturales.

Yo me metía a la cocina y me las arreglaba preparando el desayuno, luego mi padre aparecía bañado, peinado y bien afeitado. Siempre vistiendo un traje elegantísimo y con un aroma a loción fina que se antojaba. Tomaba una taza de café negro y decía: -¡Que rico te quedó el cafecito! Desayunen ustedes, yo lo haré en la calle; y se iba. El resto del día era de nosotras.

El primero en llegar muy puntualito como si tuviera cita, era don Ramiro: -¡Buenos días mis niñas, les traje el periódico! ¡¿Creen que puedan invitarme un café?! Felipa y yo nos sonreíamos un poco...

Luego, al mismo tiempo que ella le servía una taza con café calientito en la mesa; le decía con energía: -¡Siéntese, y mejor póngase a leer el periódico antes de que empiece con sus coqueteos, que hoy no amanecimos de humor para sus locuras! ¡¿Entendió?!

Pero el señor era lángaro; acomodaba el periódico para aparentar que leía, dejando que sus ojitos coquetones se asomaran por encima de sus anteojos con bifocales, haciendo notorias sus intenciones al comportarse igual que un adolescente: -¡Qué lindas amanecen ustedes! Decía: -¡Perecen hadas de cuento! ¡Ángeles que se le cayeron del cielo a Dios! Y de inmediato Felipa entraba en acción: - ¡Seguro que lo dice por Isabel! ¡Tenga cuidado pues trae la escoba en la mano! Luego se levantaba de su silla y empezaba a corretearnos. Ambas salíamos despavoridas con tremendas carcajadas.

Y finalmente yo le daba un escobazo en las posaderas diciendo: -¡Pórtese bien o ya no lo recibimos! Él se sentaba y seguía tomando su cafecito mientras le servíamos el desayuno. El señor era pícaro, no paraba de coquetear con sus miraditas y sus comentarios aduladores. Nos hacía la mañana muy divertida.

Un poco más tarde aparecía Pancho, llegaba después de salir de la escuela y corría a don Ramiro diciéndole: -¡Otra vez usted aquí! ¡Ya váyase a su casa!

En algunas ocasiones, nosotras terminábamos contorsionándonos por la risa. Don Ramiro cerraba el periódico, se acomodaba los lentes y decía mientras se levantaba: -¡Ay Panchito, tu siempre de aguafiestas! Una vez más, solo te apareces para echarlo a perder ¡todo!

En seguida dirigiendo una mirada hacia nosotras y haciendo uso de la más sexi de sus sonrisas; el muy sínico decía: -¡Mis virginales criaturas de Dios, llenas de escandalosa belleza, nos vemos mañana! Para nosotras éstas cosas eran muy agradables y poco a poco ayudaron a unirnos más. Haciendo importante nuestra relación. Nos empezábamos a querer como se quieren las familias.

La preocupación porque los alimentos estuvieran listos antes de que todos aparecieran, nos abrió un mundo lleno de confianza y amor. Así vivíamos siempre; pocas personas nos visitaban, pero nosotras las amábamos y recibíamos cómo si fueran del mismo linaje.

Mi padre aparecía por la noche y en ocasiones llegaba tan tarde, que prácticamente no nos veíamos. La comunicación se redujo a darme dinero. Yo no sabía qué estaba pasando, ni tampoco cómo manejarlo. Entonces eché mano de lo único que me daba seguridad en ése momento. Prendí una velita y un incienso; y con total reverencia   cerrando mis ojos, dije: -Ayúdame, permíteme encontrar la forma de solucionarlo; y pon en su ánimo hablar conmigo. Después de agradecer me levanté y deje que la velita y el incienso, se consumieran. Pasaron varios días y mi padre seguía llegando tarde y yéndose a trabajar temprano. Mis dudas sobre el poder de La Muerte aparecieron y casi al momento llegó otro mensaje en mí mente: -¡Ten fe!

Al llegar el domingo; como siempre desayunamos ligero y nos fuimos a misa. Saliendo empezamos a caminar hacia la casa, cuando se acercaron Pacho, Benito (el novio de Felipa) y don Ramiro; que no faltaba a ninguna. Benito traía una pelota de muchos colores jugando un poco. En seguida saludaron haciéndonos la invitación a un día de campo. Nosotras inmediatamente aceptamos y entonces el rumbo cambió, haciéndonos caminar más lejos; ¡al campo verde!...   Y el partido de fut bol comenzó enseguida de haber llegado. Primero armamos los equipos, don Ramiro no quiso jugar, se sentó en una orillita a ver el juego que prometía ser divertido.

Ese día conocimos las intenciones de los chicos... ("¡Hombres, todos lángaros! ¡Todos!") Primeramente nos dijeron mostrando mucho entusiasmo: -¡Hombres contra mujeres! Y nosotras tontas pero orgullosas; asentimos con un grito de júbilo: -¡Sí! ¡Si podemos! Y ni por haber notado ésa risita burlona, que reflejaba el triunfo en el rostro de ambos, cambiamos de opinión.

De inmediato vinieron las caritas de muy buenos; y tratando de hacernos creer que nos daban una oportunidad; nos dijeron: - "Bueno está bien, las dejaremos que ustedes tengan el saqué". ¡Y el partido empezó con un zapatazo que Felipa le acomodó a la pelota! Benito corrió tras ella. Yo cuidaba nuestra portería. Luego de tener ellos la posesión de ésta, ¡no volvimos a tenerla nosotras! Ellos jugaban bien, se veía claramente que lo habían hecho

¡siempre! Daban pases entre ellos y era todo un espectáculo ver como Felipa los correteaba y no lograba llegar a la pelota ¡nunca! Ninguno custodiaba su portería, seguro que de alguna manera sabían que nosotras "¡jamás!" nos acercaríamos con una jugada maravillosa, que la pusiera en peligro. Usaban la cabeza, los hombros, las piernas y hasta el torso, para mostrarnos lo hábiles que eran con la pelota. Haciendo alarde de sus conocimientos futboleros lograron que el juego luciera mucho.

Y por supuesto que Felipa y yo pareciéramos unas ¡idiotas! Seguían dándose pases cortitos que le daban vida a la pelota, coloreando el espacio que recorría; y poquito a poco se iban acercando a nuestra portería. La pobre Felipa continuaba correteándolos tratando de poder acercarse a la pelota. Pero esto se volvió prácticamente ¡imposible! ¡Era claro que ellos estaban divirtiéndose mucho, se reían a carcajadas! Entonces pude ver como rápidamente estaban encima de mí portería, cuando vino el fulminante tiro por parte de Pancho. Entonces tratando de protegerme de un balonazo, cerré fuertemente los ojos, me tapé el cuerpo con brazos y manos; y en segundos ¡GOOOOOOOOLLL! Felipa me miró a los ojos incrédula, su carita reflejaba resignación. Pero prácticamente en seguida cayó el otro y nuevamente se escucho el grito lleno de pación: -¡GOOOOOOOOLLL! Y entonces mientras los chicos festejaban con brincos y carcajadas; ésta ya me veía con verdadera molestia y gritaba: -"¡Aviéntate Isabel, tírate a taparla!" Me ponía en aprietos. ¡No ni loca, eso no lo haría nunca! En ése momento vimos como don Ramiro se levanto del césped, sacudiéndose la tierra y la hierba de las posaderas, diciendo muy solidario: -¡Muchachos no abucen! Voy a entrar yo, le ayudaré a las chicas y los venceremos. Nosotras nos miramos y sin decir nada, aceptamos gustosas la ayuda que se nos brindaba en ése momento. Así que el partido se emparejó un poquito. Pero a los pocos minutos don Ramiro solo para lucirse, ejecuta una jugada maestra que acaba con todas nuestras esperanzas. Éste se deja venir corriendo a todo lo que da esquivando a Pancho, luego a Benito y finalmente dada la rapidez, logra llegar a los linderos de la portería con un pésimo manejo de la pelota.

Y sin darse cuenta en un momento sus zapatos patinan con el césped verde y fresco, cayéndose rígidamente hacia atrás, emitiendo un sonidito como de silbato de muñequita de plástico. ¡Las carcajadas de todos no se hicieron esperar! ¡A mí me dolía el estómago de tanto ríeme, casi me orino!

Después sonriendo un poco también él; se puso de pie y se despidió, amenazando con ir a la casa al día siguiente. Después de un rato y tremenda goliza, nos sentamos a descansar y a platicar. Benito tomo de la mano a Felipa, luego de ayudarla a ponerse en pie; la abrazó y se fueron despacito, caminando muy juntitos, dejándonos a Pancho y a mí solos...

Yo permanecí parada sin saber qué hacer. Miraba el horizonte sin pensar en nada, solo con los deseos de estar muy juntitos. Por momentos yo lo veía y él me sonreía con ternura. Luego se recostó en la hierba acomodándose de ladito; me miraba de modo extraño. Tomo un tallo delgado que había tirado el árbol dónde estábamos acomodados; para recibir la deliciosa sombra que producía su ramaje. Y pasándolo sobre la tierra un poco suelta, dibujó mi nombre encerrado en un corazón y firmándolo con un ¡te amo! ¡Yo estaba fascinada! Y al mismo tiempo él con un movimiento de su carita preciosa me decía; ven no temas acércate a mí...

Dócilmente accedí y me acomodé acostándome junto a él. Sus brazos me tomaron con ternura, juntándose un poco más a mí. Luego sus manos acariciaban mi cabello, mi cara, mis brazos. Yo cerré los ojos involuntariamente, ¡y por fin el beso más deseado! Pasamos con suavidad de la ternura de un beso, a la enorme pasión que nos provocaba estar juntos. ¡Me sentía en el cielo! Como por arte de magia, olvidé completamente todas las enseñanzas de mí familia.

Pancho lograba con solo estar presente que toda mi atención fuera para él. Luego las caricias no se hicieron esperar, tocaba con exquisito manejo de sus manos todo mi cuerpo. Yo solo lo permitía, ¡me gustaba mucho! Pero me sentía un poco avergonzada, así es que, aunque mis ganas me obligaban a participar; mi recato me mantuvo firme. En cuanto él pudo, se fue acomodando hasta estar encima de mí. Yo trataba de no cooperar mucho a través de reprimirme, luchando por distraer mis pensamientos, pero era inevitable no sentir. ¡Qué momento! ¡Lo estábamos disfrutando con tantas ganas! Y de pronto se escuchó el maullido de un gatito; parecía por el tono que era un cachorro. Entonces me detuve y dije: -¿Oíste? El ignoró por completo mi comentario tratando de continuar, pero en seguida: -"Miau". Y otra vez le dije: -¡Espera, detente! - Por ahí hay un gatito. Él realmente estaba muy excitado y me indicaba: -"No hagas caso". Trató de prolongar el momento. Pero mi atención ya estaba en otro lado. Con cariño lo quité de encima de mí y me puse a buscar al animalito, que afortunadamente se encontraba muy cerca de nosotros y en buenas condiciones.

Al parecer solo tenía hambre, y en cuanto los muchachos regresaron; nos marchamos del lugar ¡con todo y gatito!

La Muerte puso en la mente de mí padre, el deseo de buscarme para platicar. Me di cuenta que ésta cumplía lo prometido. "Todo lo que me pidan se los daré".

Aquélla noche al regresar de trabajar, mi padre se pareció en mí recamara. Asomando su carita preciosa por la puerta que yo siempre dejaba mal cerrada, apareció éste diciendo con voz tenue: -¡Hola mamita linda! ¿Ya estás dormida? Mi alma se tranquilizó al ver a mí amado padre haciendo lo que más me gustaba; dándome su atención. De ésta manera yo podía saber que todo estaba bien y que nada había cambiado entre nosotros.

Luego sentándome recargada en la cabecera de la cama, le pedí que pasara para que pudiéramos platicar aún que fuera un momento: -¿Cómo te fue papi, todo bien? Su rostro se iluminó con tremenda alegría y recostándose junto a mí dijo: – ¡Sí, las cosas en el trabajo andan excelentes! Tenía algunos casos pendientes, pero hasta parece que ando de buena suerte. De manera prácticamente milagrosa, la parte acusadora de ambos asuntos se desistió. ¡Todo me está saliendo a la perfección!

Me abrazó y puso un beso en mí frente, al mismo tiempo en que preguntaba: -¿Y qué tal, cómo les va a ustedes? ¿Alguna novedad? A lo que respondí rápidamente: -Todo normal, Felipa ha sido mi brazo derecho, don Ramiro nos ayuda todas las mañanas y Pancho por las tardes. Y es hasta ésta hora en que nos quedamos solas, no te preocupes que todo está muy bien. – Bueno, entonces a dormir que mañana tengo un día pesado. Te quiero mucho mi niña hermosa, descansa...

Pancho llegaba por las tardes y lo primero que hacía, era lanzar un mundo de insultos hacia el morrito; (nombre que le dimos al gatito que habíamos recogido). Él no lo quería, lo culpaba de haberle echado a perder el momento de amor conmigo. Y mientras para él esto era parecido a una traición; para mí había sido La muerte la que llevó al gatito a impedirme que cometiera errores tan exquisitos. Acciones que traen las consecuencias muy escondidas, y que no dejan ver el precio a pagar por un momento. Pero que al tiempo marcan diferencia en la vida de todas las personas; que deciden no poner un alto a esos grandes y maravillosos momentos. La Muerte acomodó todo para protegerme, pues a pesar de todo mi amor por él, ésta me impidió caer en una vida que yo no imaginaba; y para la que aún no estaba preparada.

El animalito se adapto en seguida a nosotras, yo era la que lo alimentaba, razón por la cual el gatito me seguía mucho; pienso que él creía que yo era su mamá. Cuando le comentaba esto a Felipa, me decía: -La única que cree eso eres tú. Seguro el pobre animal ni cerebro tiene. Sin embargo el morrito y yo, habíamos hecho rápidamente lazos muy fuertes.

Era muy juguetón, me hacía la vida encantadora y cuando estuvo más grande noté, que los juegos que realizaba de pequeño, solo eran de entrenamiento, pues ya como adulto se convirtió en un cazador espectacular. Atrapaba ratones, pajaritos, lagartijas, mariposas. ¡Bueno todo lo que se moviera! Yo cada día lo quería más. Lo cierto era que antes no me habían permitido tener animales y éste llegó a mí, como un regalo de vida. Ahora pienso que de no ser por el gatito, aquel día yo me hubiera entregado a la pasión y tal vez ahora mi vida estaría llena de fracasos. Quizá ya tendría un hijo y responsabilidades para las que no estaba lista. No quiero imaginarme el dolor tan grande, que esto le hubiera ocasionado a mí padre. Así es que me propuse evitar todas las acciones que me pusieran en riesgo. Luego me di cuenta que era La Muerte la que me hacía pensar así.

Con increíble madurez logré entender que Pancho era tan joven e inexperto como yo; y por alguna razón presentí, que no tardaría en demostrarlo...

Don Ramiro se había hartado de hacer su luchita conmigo y se lanzó a la conquista de Felipa. Seguido me daba la oportunidad de verla enojada: -¡Hay viene otra vez éste viejito lángaro! Muy molesta decía: -¡¿Qué pasa en su cerebro?! ¡¿Por qué no entiende que lo que pretende, es la más estúpida y ridícula de las cosas que se le pueden ocurrir a alguien normal?! ¡¡Y claro don Ramiro no es normal, es eso!!

A mí me causaba un poco de gracia verla tan molesta; pero don Ramiro no pasaba de ser coqueto al hablar. Realmente nos apreciaba, no nos pondría en peligro ni permitiría que alguien lo hiciera. Ya en el pasado había cometido errores y por eso entendió, que estaba comprometido a manejarse con respeto. Ésa era la única forma en que nosotras le permitíamos estar cerca y aún cuando conscientemente lo sabía; se manejaba con un doble pero inofensivo   propósito. Primero: Hacernos sentir bonito endulzándonos el oído; y segundo: Atinarle al momento más frágil de alguna de las dos. Ésta era una práctica que en algunas ocasiones, le había dado buenos resultados con varias muchachas. Entre eso y el dinero, que para algunas personas es tan importante, y que termina por comprarlo todo; don Ramiro siendo viejo y feo, se daba el lujo de gozar de los placeres y la juventud de muchas mujeres; parecía que hasta ése momento no había analizado qué clase de futuro le esperaba.

A pesar de que él no quería compromisos con ninguna mujer, se manejaba haciéndoles creer a todas que las adoraba y que haría cualquier cosa por ellas. Tarde se daban cuenta de haberse convertido únicamente en sus víctimas sexuales. Nosotras lo teníamos muy claro pero además; ni nos parecía atractivo, ni necesitábamos su dinero para vivir. Ser un gran proveedor era una de las cosas, entre muchas otras; que mi padre realizaba a la perfección, y eso nos dejaba vivir con mucha tranquilidad. Jamás faltó nada en la casa; materialmente hablando lo teníamos ¡todo!

¡La felicidad estaba presente en toda mi vida! Nunca en mis 16 años me sentí mejor, la dicha de tener una familia, amigos y el hombre más maravilloso, ¡me abarrotaban! Terminé queriendo mucho a don Ramiro. Me daba una tristeza infinita darme cuenta de su futuro; a él le esperaba la más terrible soledad. Ése era uno de los castigos que La Muerte le impondría, por haberse manejado siempre con tanta inmadurez, falta de respeto y compromiso; para todas aquellas mujeres que lo amaron y a quienes les produjo con esto, gran decepción y dolor, mucho dolor... El futuro estaba próximo.

Para cuando ése momento llegara, tampoco Felipa y yo podríamos estar con él. Nosotras teníamos una vida por delante y don Ramiro no estaría siempre en nuestras historias. Pero parecía no darse cuenta, era un adolecente metido en el cuerpo de un viejo.

La importancia de la llegada de un castigo o consecuencias a nuestras vidas, por las decisiones tomadas de manera equivocada, ¡es básica! Trae a nosotros el aprendizaje que nos lleva a la madurez.

Para don Ramiro, el dinero, la familia y las mismas mujeres permisivas con las que se divertía; le avían ido retrasando éstas consecuencias condenándolo así, a la peor de las soledades; pues estaba visto que él no quería vivir solo, pero nunca aprendió cómo hacerlo acompañado.

En ocasiones don Ramiro se quedaba muy pensativo, daba la impresión de tener mucho amor contenido y de igual manera una tristeza profunda, pues muy en el fondo de su alma, lograba entender que se aproximaba lo peor de su vida. En algunos momentos y de manera casi indefinida, nos enviaba mensajes un tanto desalentadores; haciendo referencia a que quizá necesitaría de alguien que lo cuidara con cariño en su vejes. Sin embargo él sabía que eso no sucedería, que nadie lo cuidaría así, pues no había logrado en toda su vida vínculos tan fuertes con absolutamente ninguna persona. Una mañana mientras Felipa le servía el café y calentaba unas tortillas para que pudiera desayunar. Comentó abiertamente: - Les diré algo; lo que más tengo es dinero, también tengo hijos, todos regados pero todos reconocidos. Isabelita le pediré a tu padre, que me acompañe al notario. Voy a hacer mi testamento, y en partes iguales los heredaré a todos. A mis cinco hijos y a ustedes dos.

Nosotras nos volteamos a ver con muchas interrogantes en la mente, pero no dijimos nada. Ese día fue el primero de muchos, en que Pancho faltó a la casa. Don Ramiro estuvo todo el día y se marchó después de platicar con mi padre y ponerse de acuerdo para la ida al notario. Algo andaba mal lo podía presentir, La Muerte invadía mi mente con mensajes que yo trataba de ignorar, ideas de desamor y traiciones. Un dolor inexplicable llegó a mí corazón. Me sentí muy insegura del amor de Pancho y no me gustó.

Al amanecer Felipa estaba lista para irse unos días a su pueblo, seguramente extrañaba a su familia. Desde la muerte de mí abuela, no había regresado a saludar a los suyos, justo era que se tomara unos días para ir a visitarlos. En el momento en que llegó el taxi por ella; se despidió rápidamente diciéndome que volvería pronto, que no quería dejarme sola pero que era imposible posponer la ida a su casa. Ella sabía que la estaríamos esperando, tanto como nosotros sabíamos que volvería.

Un poco más tarde apareció don Ramiro diciendo: -¡Buenos días mis niñas hermosas! ¿Cómo amanecieron? -Siéntese le dije, ya está listo su café. ¿Quiere que le ponga un poco de pan dulce mientras le preparo algo de desayunar yo? Le comunico que su adorada Felipa no está y tardará en volver varios días. ¿Qué le parecen unos huevos rancheros y unos frijoles refritos? Como ya era costumbre abrió su periódico haciendo parecer que leía, pero repasando disimuladamente mi proceder. Solo que su mirada era diferente y en seguida la pregunta esperada. -Y dime Isabel, ¿Dónde se ha metido Pancho que no lo hemos visto desde ayer? -Raro en él, no sale de aquí...

No tengo la menor idea -contesté- seguramente se aparecerá más tarde para ver que estemos bien. Ya nos platicará él mismo, dónde anduvo y qué estuvo haciendo ayer. Pero igual que el día anterior, Pancho no llegó. Don Ramiro permaneció haciéndome compañía todo el día. ¡Más sabe el diablo por viejo que por diablo! Por su experiencia adivinaba lo que estaba pasando. Todo el tiempo se había comportado de forma extraña. Estuvo pensativo, me pareció que analizaba si decirme o no, lo que él suponía.

Ya por la noche se animó y me dijo: -Mira Isabelita, te noto preocupada, no tienes que estar así, Pancho es hombre y tiene inquietudes. De ahora en adelante trata de no tomarlo muy en cuenta.

A los hombres nos gusta que nos ignoren un poquito. ¡¿De qué está ablando usted?! ¡Explíquese que no le entiendo! -Dije- Pude ver que sus ojos reflejaban lástima por mí y no me gustó, pero no tuve tiempo de cuestionarlo. Se puso de pie, en seguida tomó su periódico, lo dobló y prudentemente se despidió diciendo, que volvería a la mañana siguiente que tratara de estar tranquila; y si quería platicar con él; me escucharía...

Luego de diez días apareció Pancho. En cuanto lo vi lo note diferente; nervioso, inquieto. Entonces empezaron a llegar a mi cabeza mensajes muy claros: -Pregúntale, que no te de miedo, es mejor saber. Que te diga dónde estaba y por qué no había venido. Tu deseas conocer la verdad y además tienes el derecho; ¡vamos hazlo! Me animaba con ese tipo "de fuerza dulce" que en ocasiones ejerce alguien que está seguro de lo que hace y dice. Entonces me sentí más fuerte y por fin dije con mucha seguridad en mí misma: -¡¿Qué milagro?! ¡Dichosos los ojos que te ven!

Y la voz de La Muerte en mí mente seguía animándome: -¡Insiste no te detengas ahí, que hable la verdad! Entonces presioné con más firmeza, tratando así de obtener las respuestas que me confirmaran, lo que de manera inexplicable, yo ya sabía. Sin embargo muy dentro de mí esperaba estar equivocada, quería que todo siguiera igual pues estaba disfrutando de tan linda relación. Más la intimidación por parte de La Muerte era mucha.

¡Platícame! -dije- ¿dónde has estado que no sabemos nada de ti? A lo que Pancho contestó: -¡Mi reina linda! ¡He tenido mucho qué hacer en la escuela, ni te imaginas lo cansado que me siento, no he podido dormir bien de tanto trabajo! Incluso estaba pensando dejar de venir un poco, solo mientras termino con lo de los estudios. Tú sabes lo importante que es para nosotros que yo me prepare bien.

¡¿O dime tú, cómo te voy a mantener cuando nos casemos?! Y de nuevo la voz en mí mente diciéndome: -¡Está mintiendo, mándalo al demonio! - ¡Tienes razón! -dije: -¡Será mejor que ya no vengas, dedícate a tus estudios y cuando termines tu carrera me buscas! ¡Y ahora lárgate de aquí con tus mentiras! En ése momento llegaba don Ramiro; observó lo que sucedía y sin decir nada, me tomó del brazo dándome un suave empujoncito para entrar. Y así, sin mencionar nada llegamos hasta la cocina. Pancho no volvería a mí vida en mucho tiempo...

¿No entiendo qué pasó, qué fue lo que hice mal? -Dije- Entonces la experiencia de don Ramiro apareció: -No Isabelita, tú no has hecho nada mal. Hay momentos en nuestras vidas donde las cosas no resultan como uno las espera, pero solo es porque las decisiones que se deben de tomar en pareja, irresponsablemente solo las toma uno de los dos. Eso sucede cuando una de las partes le falta al respeto a la otra. En algunas relaciones no es carencia de amor, solo malos manejos de la relación por la falta de madurez y del respeto, insisto. Pero en otras ocasiones todo resulta mal porque se acaban el gusto y las ganas. Dejando claro que el amor no existe ya sea porque solo era una ilusión y confundimos nuestros sentimientos, o porque realmente nunca existió. A la edad de ustedes que ocurra algo así es muy fácil, nos pasa a la mayoría cuando somos tan jóvenes y para algunos de nosotros esto es siempre. Es muy común sobre todo en los hombres, tranquila.

También cabe la posibilidad de que una tercera persona haya aparecido y entonces es muy difícil rechazar esta oportunidad. Los hombres somos muy "animosos". Peor si la chica en cuestión está de buen ver y no se limita, siendo así la cosa se complica más. Y estas aventuritas; que casi siempre son eso, nos van dando la experiencia que deseamos. Tú eres muy jovencita y no lo entiendes, yo te sugiero que dejes tranquilo al muchacho, que cuando se harte; volverá. ¡Mis ojos se abrieron tanto que casi se salen! ¡¿Cómo era posible que me estuviera diciendo que yo no entendía y qué encima hiciera hincapié en que el infiel volvería?! ¡Yo sabía que Pancho estaba con otra mujer!

No necesitaba que me lo dijeran, en mí mente apareció ésa idea de forma fija, segura. Para mí eso de ser joven solo era una excusa. Mi abuela tenía un dicho que acomodaba justo en ese momento. Decía: -"¡Piensa mal y acertarás!" - ¡No; yo no podía pasar por alto esto! Para algunos el dolor provoca una explosión de fuerza. ¡Y eso me estaba ocurriendo a mí! El muchacho al que yo amaba, con sus palabras decía cuanto me quería pero con sus actos me dijo ése día, que había alguien que para él, valía más que yo. Ésa idea de cometer un acto tan reprobable solo por ser joven, era absurda. Por su propio bien sería mejor que él no volviera.

Mi amor por Pancho era muy grande. Sin embargo La Muerte me ponía en la mente, la idea de que esto solo pasaba porque él era mi primer novio. Pero que en el futuro ésta experiencia dolorosa sería muy útil. Yo entendí que se refería al aprendizaje que dejan éstas cosas. Pero para mí era muy difícil, pues hasta ése momento Pancho era el único hombre, que yo deseaba para el resto de mí vida; más la forma en la que se manejaba no era lo que yo realmente quería.

Era muy difícil y extraño poder sentir la necesidad de quedarme con él; pero no con su conducta. Luego La Muerte me hizo ver que éstas son cosas que no se pueden separar y que lo mejor en estos casos, es apartar a la persona antes de que ocasione más daño. Sin embargo no pude evitar que me invadiera una mezcla de sentimientos; ésos que lastiman, que llegan a tocar tu alma y dejan huella profunda. Ésos que ninguna persona quiere tener y que todos conocemos.

¡Nadie por ningún motivo puede hacer daño sin recibir a cambio el castigo, que la vida le impone a cada uno; según sea el caso! Las lágrimas empezaron a rodar sobre mis mejillas sin poderlas contener. Yo no conocía éste dolor, no lograba entender cómo alguien que te quiere, te lastima tanto. ¡¡Que ofensivo era todo esto!! Ahora comprendía por qué mi familia me cuidaba mucho.

No era el sexo lo que les preocupaba; era esto lo que trataban de evitarme. Don Ramiro guardó silencio mientras yo le servía el café. Traté de esconder mi dolor pero no fue posible, las lágrimas salían una tras otra.

Daban la impresión de quererse alcanzar entre ellas como en una maratón. Eran tantas las que brotaban y con tal rapidez, que algunas lograban incorporarse con las otras, formando así; largos, tristes y reveladores fluidos de dolor.

La Muerte me dejó por un momento con mis sentimientos, y después de servir el desayuno, continuó con la comunicación. ¡Sécate ésas lagrimas - dijo - ya fue suficiente! ¡Arriba ése ánimo que el futuro ya está escrito para ambos! Y no sé cómo pasó; pero al momento, ya estaba mejor. Felipa tardó en regresar cinco días más, y cuando la vi entrar le dije: -¡Cuanta falta has hecho aquí! ¡Te extrañé mucho!

La llevé a la cocina y le pedí que se sentara para escucharme con calma, ella accedió de inmediato y preguntó: - ¿Qué ha pasado, te noto triste? Y con lágrimas en mis ojos contesté:- Acompáñame con un café antes de que llegue don Ramiro. Quiero platicarte todo lo que sucedió en tu ausencia. Mientras hablábamos, Felipa sacó una bolsa de plástico diciendo: -¡Mira lo que te traje! Son sopes te los manda mi mamá, los voy a preparar para que desayunen tú y don Ramiro, que seguro no tarda en llegar. -"Las penas con pan son buenas". -Continuó diciendo. De repente comenzó a menearse como si bailara mientras freía unos frijoles y servía la salsa en un tazón. Volteó a verme con ésa miradita picarona tarareando un ritmito cumbiambero y empezó a cantar: -"Él se lo pierde y tú te lo ahorras, él se lo pierde y tú te lo ahorras". Y una carcajada brotó con fuerza por parte de las dos.

Casi en seguida apareció don Ramiro, nos miró bailando y cantando la canción de Felipa y comento: -¡Veo que amanecieron muy bien, me da mucho gusto! Y añadió dirigiéndose a Felipa: -¡Y haber si tú ya no te andas yendo tanto tiempo! - ¡Mire viejito enojón!- respondió está: -¡Mejor siéntese que el desayuno y su café están listos! - ¡¿Cómo me dijiste?! Y nuevamente salimos corriendo y gritando, mientras don Ramiro trataba de alcanzarnos. Mi corazón dio gracias por esto...

Al paso de los días yo me sentía tranquila pero extraña. En algunos momentos llegaba a mí la tristeza, pero de inmediato hacía el esfuerzo por sentirme bien. Luego La Muerte puso en mí mente la forma de olvidarme de ése lastimado amor: -Solo recuerda lo que hizo mal, eso es lo único que te debe de importar. Para enamorarse hay que tener presente todo lo bueno, lo bonito; y para desenamorarse solo mantén en tu alma y mente, lo malo de la relación y el comportamiento de Pancho. Empieza a hacer esto ¡ya! De ti depende el tiempo que quieras sufrir por alguien que no formara parte de tu historia.

Poco a poco entendí que era su ausencia lo que me pesaba, estaba muy acostumbrada a tenerlo todas las tardes y eso se había terminado. Hasta ése momento no sabíamos nada de Pancho, si bien todo indicaba que estaba relacionándose con otra mujer, no lo sabíamos. Me fui acostumbrando a no verlo; a las miradas interrogantes de la gente del pueblo, que ya se habían habituado a vernos juntos y les ganaba la curiosidad. Pero no mucho tiempo después las miradas cambiaron. Noté que había aprobación en ellas. Me gustaba pero no entendía por qué.

Yo trataba de evitar cualquier conversación en la calle; sentía que en algún momento alguien podría preguntarme qué pasó y no estaba lista para responder lo que ni yo sabía.

Como mi actitud siempre había sido reservada, eso era suficiente para limitar a los curiosos y me salvaba a mí, de tener que pasar por un rato tan vergonzoso.

En ése tiempo procuraba no salir, tratando de evitar cualquier encuentro con Pancho. Me moría de miedo por no saber, cómo manejaría ésa situación cuando se presentara. Lo peor es que en el fondo yo sabía que esto sucedería tarde o temprano. Por momentos pensaba que debía de mudarme y que la ciudad de México era la mejor opción. Tenía millones de habitantes y ninguno me conocía, por lo que nadie me cuestionaría respecto al terminó de mí relación. En algún momento lo comenté con Felipa, pero ella era tan alegre que todo lo convertía en broma.

¡Imagínate en la capital! –Dijo- ¡Yo le pediría a Benito que me hiciera el amor en el último piso del hotel más alto de la ciudad y él pobre con tal de tenerme aceptaría sin preguntar! Sonreía maliciosamente y continuó hablando: -Y ya en el cuarto, haría una oración invocando a la corte celestial, para que en el momento en que Benito estuviera más apasionado, empezara a temblar la tierra con movimientos en círculos y brinquitos. ¡Entonces Benito estaría seguro que solo yo soy capaz, de moverme tan rico! ¡Y en seguida soltamos las carcajadas!

Felipa era la alegría de la casa, sus ocurrencias nos hacían a todos la vida muy divertida. Como aquél día en que me pidió que la acompañara al ver a don Jacinto, pues le había salido una bolita en la espalda a la altura de la cintura y decía que le producía un dolorcito. En cuanto llegamos empezó a quejarse con más ahínco, su rostro cambió por completo, reflejaba un dolor profundo, noté incluso un cambio en el tono de su piel. Su respiración se hizo más lenta. Don Jacinto la recibió y al verla tan mal, la tomó cuidadosamente del brazo para ayudarla a entrar al consultorio;

pues comprendió que el malestar realmente era intenso. Ése fue el momento en que ella volteó a verme y discretamente sonreía mientras me guiñaba un ojo. ¡A mí todo lo que ella hacía me parecía gracioso! El médico la revisó en su consultorio, y luego de asegurarse en ése momento que era una bolita de grasa, la extirpó. Estando afuera podía escuchar los lamentos de Felipa. Yo permanecí sin hacer nada hasta que ésta salió muy tranquila, mientras don Jacinto movía la cabeza negándose a creer lo que era capaz de hacer Felipa, y diciendo con una sonrisa nerviosa, sin tener claro si no era mejor molestarse y regañarnos: -¡Ya váyanse y que Dios las bendiga niñas traviesas! Nos despedimos de don Jacinto prometiendo regresar a los ocho días, para que le retirara la sutura. Al marcharnos le pregunte a ésta: -¿Te dolió mucho? Y de inmediato contestó: -¡Claro que no, nada! ¿Pero qué tal me oía? ¡No fuimos riéndonos del incidente a carcajadas! A la semana regresamos al consultorio, pero ésta vez don Jacinto nos hizo entrar a las dos.

Mientras nos platicaba que la enfermera que le asistía, no se había presentado a trabajar, le pidió a Felipa que se quitara la blusa y se colocara una bata que él ocupaba para hacer las revisiones y estaba totalmente abierta por atrás.

Dejando de ésta manera la espalda descubierta, le pidió que permaneciera de pie y que no se moviera. Luego ella se inclinó un poco para que el médico la revisara; entonces él giro completamente para tomar algo de un estante, y dijo con firmeza: -Isabel por favor tú detén el riñón. Yo me quedé ¡atónita! Me coloqué por detrás de Felipa pensando, ¡¿cómo diablos le detengo el riñón a ésta?! Y dije con voz muy bajita y nerviosa: -Perdón don Jacinto, ¿cuál riñón, el izquierdo o el derecho; y cómo se lo detengo? Éste se volvió mirándome con una risita clara, tratando de no soltar la carcajada. Y dijo al mismo tiempo en que me daba una charola pequeña con forma extraña: -¡La charola niña, esto es el riñón! Luego los tres nos reíamos mucho. Pasaron varios días y para todo decíamos: -"¡La acharola niña, la charola!" Y de nuevo nos reíamos a carcajadas.

Don Ramiro trataba de ser agradecido con nosotras, no dejaba de asistir a la casa. Al parecer nadie lo soportaba mucho tiempo. Él era muy noble y desprendido, decía querernos mucho. Normalmente aparecía con algún detalle; cuando no llegaba con un huacal repleto de frutas y verduras, nos mandaba a un empleado de su carnicería con varios kilos de carne, mismos que teníamos que congelar para que no se echaran a perder. También aparecía con deliciosos y frescos quesos, crema y un gran bote lleno de leche que sus empleados acababan de ordeñar. Hasta el morrito alcanzaba a comer carne de primera. Yo le decía mientras lo acariciaba para hacerlo ronronear, que era un gato con suerte.

El pobre había sido abandonado dolosamente por alguien de mal corazón; y La Muerte lo había colocado en el momento y el lugar justo para salvarme a mí, de grabes e irremediables errores. Recompensándolo a cambio con un buen hogar, lleno de calor humano, buena comida y mucho amor. Para don Ramiro los presentes formaban parte de su educación. Siempre tan adulador nos obsequiaba flores, que iban desde los más sencillos ramitos hasta los enormes arreglos que evocaban la primavera.

Soñaba con convertirse en el marido de alguna de nosotras, y aunque sabía que lo rechazábamos siempre, él mantenía la esperanza de que por lo menos por interés, aceptáramos su amor.

Él ya se había acostumbrado a convivir con todos. De hecho para nosotras su presencia ya era necesaria. Aprendimos a quererlo a pesar de ser tan atrevido y coqueto, pues nunca era grosero ni falto de respeto. Entre los regalos que nos llevaba, un día se apareció con una gran pecera, diciendo que tener una en la casa era de buena suerte. Había comprado todos los implementos necesarios para que luciera linda. Luego colocó un par de peces de color anaranjado intenso, lucían definitivamente ¡hermosos! A los pocos días de la llegada de éstos, nos tocó ver el espectáculo más emotivo y maravilloso. Resultó que uno de los peces era hembra y estaba preñada.

Y en un momento en que nos encontrábamos disfrutando de la inmensa paz que los pececitos nos transmitían, ésta se puso a parir.

¡Mira Isabel, mira! -Indicó Flipa- Al mismo tiempo que se acercó a la pecera, ¡está pariendo! De inmediato don Ramiro y yo nos levantamos con un brinco aproximándonos, para poder disfrutar de tan entrañable espectáculo. No se hizo esperar el enfático comentario del señor, respecto a que los peces son el símbolo de la bendición.

La pececita era una reina hermosa. Arrojó muchos hijos, casi treinta en un lapso no mayor a una hora. Y aunque sabíamos que pasaba por un proceso doloroso, no notamos que sufriera, incluso parecía indiferente ante éste hecho, pero no era así. La naturaleza es sabia y ella pudo parir muchos hijitos. Nosotros por precaución la tuvimos que retirar a ella y al otro pez, a un recipiente adjunto para que no se comieran a las crías.

Fue en ése momento en que don Ramiro muy emocionado exclamaba: -¡Pidan un deseo, éste es el momento, pidan lo que quieran! ¡Los peces dando a luz son la señal de la bendición, de la abundancia, el triunfo sobre todo! Miró su reloj y continúo diciendo con mucha euforia: -¡Son justo las 11:11, es la hora mágica! ¡La

Muerte nos está regalando un parto múltiple, anunciando el principio de una era de bonanza!

¡A partir de hoy todo se está acomodando favorablemente para nosotros! Y seguía diciendo con gran alegría: -¡Pidan niñas, pidan que todo se nos dará!

Ya habían pasado varios meses y de Pancho no sabíamos nada. Yo no lo mencionaba nunca, pero no conseguía olvidarlo...

Un domingo como cada semana, nos levantamos muy temprano para arreglarnos y poder asistir a misa. Al salir de la iglesia caminábamos despacito; íbamos bromeando con don Ramiro y Benito. Cuando de repente Felipa me dio con el codo un golpecito suave, tratando de avisarme a través de ésta señal, que pusiera atención. Luego pude ver del otro lado de la acera, a Pancho completamente ebrio. Zigzagueaba al caminar y en una de sus manos sostenía una cerveza. Entonces deteniéndose un poco me miró, esperó un momento y al no recibir ningún tipo de respuesta de mí parte, continuó su camino de la misma lamentable forma. Mi curiosidad crecía cada día más. Pensé, ¿qué le puede estar ocurriendo, él no es así? No pude evitar el reflejo del la tristeza que me invadió en ése momento. Y como si lo hubiera pedido se acercó Felipa diciendo con voz muy bajita: - Voy a investigar qué es lo está pasando. No te preocupes pronto vamos a salir de dudas. Siendo ella tan intuitiva, logró ver en mí cara la desesperación y la angustia. Yo sin mencionar nada asentí, quedándome más tranquila y estuve agradecida con tan noble acción por parte de ella. Luego todos continuamos caminando en silencio y reconocí el que ninguno hiciera preguntas o comentarios innecesarios.

A la mañana siguiente sin avisarme, Felipa salió muy temprano, cogió la bolsa del mandado y se fue sin decir nada.

Encargarse de las compras de víveres para que no faltara nada en la casa, era parte de mis deberes. Entendí sus pretensiones; hacía uso de ése pretexto solo para salir sin mí, y así poder investigar con las chismosas del pueblo, todo lo que necesitábamos saber. Ella sabía que en mí presencia nadie; por ningún motivo se atreverían a hacer comentarios. Yo conocía el poder de persuasión que ésta tenía; era dueña del convencimiento y sabía cómo sacarle muy sutilmente a las personas, cualquier información que ella deseara. El tiempo pasaba, y yo permanecía inquieta metida en la cocina preparando el desayuno. Ansiaba que Felipa apareciera pronto, pero el que llego muy saludador como todas las mañanas fue don Ramiro.

Al verme sola y esperando ser atendido por ella, sintió curiosidad y dijo: -¿Estás solita? Contesté con un movimiento afirmativo de cabeza y en seguida le hice la plática para que no preguntara más: - Oiga tengo una curiosidad. - Dime Isabelita, ¿de qué se trata? - ¿Usted conoce el mar? ¡Con decir eso fue suficiente! Éste era el hombre más obvio que conocía; reaccionaba exactamente como yo necesitaba. La respuesta deseada por mí, llegó de manera totalmente voluntaria. Sin pensarlo, el señor se acomodó dejando de lado su periódico, me pidió le sirviera un café calientito, y de inmediato se soltó platicando de todas y cada una de las ocasiones en que había estado en lugares con playa.

Yo aparentaba estar muy interesada a lo que él decía, más en honor a la verdad, no estaba poniendo atención a sus comentarios. Con un poco de calma lo atendí sirviéndole el café calientito y el desayuno. Don Ramiro hacía referencia a todos los detalles de sus múltiples viajes. Y mientras esto sucedía, yo no dejaba de desear que Felipa regresara pronto, con todas las respuestas que me habían hecho tanta falta. Para mí era necesario entender la extraña actitud de Pancho, solo así podría estar tranquila y seguir mi vida sin resentimientos. La Muerte me dejó ver que solo a través del análisis y la comprensión de sus acciones, podría llegar el perdón a mí lastimada existencia. Me estaba regalando la oportunidad de seguir adelante sin cargas ridículamente estorbosas. Esto me liberaba primero a mí de malos e innecesarios sentimientos y en seguida a él de cadenas de odio por parte mía. Así es que después de entenderlo tan claramente, quedé en paz.

Felipa no tardó mucho, pero al regresar pude ver en su carita la imagen de la decepción y no me gustó. Cuando yo pregunté cómo le había ido, se acercó a mí diciendo casi en secreto: -Espera a que se vaya éste latoso señor, luego te cuento. Pero tuve que aguantarme hasta el siguiente día, pues don Ramiro quiso esperar a mí padre para ver cómo iba el asunto con el notario, por aquello de su testamento; y se retiró muy tarde. Ésa noche mientras me acomodaba en mí cama; vinieron a mí recuerdos maravillosos.

Hice un recuento de mí vida, me parecía que había logrado estar mucho tiempo en éste mundo pero no era así.

La depresión llegó a mí sin anunciarse, mis lágrimas rodaban sin poderlas detener, yo no lo quería aceptar abiertamente con nadie, pero la única verdad es que extrañaba mucho a Pancho. Él se había metido profundamente en mí y yo creía que no podía seguir adelante sola. Me dijeron que yo era muy joven y que seguro llegaría alguien más a mi vida. Pero yo no quería a alguien más; antes de conocerlo no me importaba estar sola, cómo era posible que ahora no concibiera mi vida sin él. Ya no estaba tan segura de querer escuchar lo que Felipa me tenía que decir...

Luego recordé aquellos días, en que esperar a que llegara el lunes de Chuchitas Cuereras y Sexo para oír las historias de Felipa, ¡me hacía tan feliz! y fue tan doloroso que lloré, lloré mucho. Un rato más tarde traté de relajarme y no me di cuenta en qué momento me dormí...

El invierno había llegado con mucha dureza, a la mañana siguiente con un movimiento brusco, Felipa me despertó más temprano que de costumbre. Hacía mucho frio, yo no quería despertar. Por lo que tuvo que subir el tono de su voz diciendo: -¡Despierta y hazte para allá que está haciendo frio! ¡Despierta bien y pon mucha atención que el chisme está bueno! De inmediato me incorporé mirándola con muchas interrogantes. Luego me recargué en el respaldo y haciendo a un lado las cobijas, permití que ella entrara a mí cama e hiciera lo mismo.

En seguida se metió, en cuanto se acomodó se cubrió un poco tapándose las piernas con las cobijas. Luego volteó a verme con ésa expresión de niñita traviesa que le salía muy bien, diciendo: -¡¿Lista?! Por un momento nos miramos en silencio. Enseguida cerré mis ojos fuertemente, pues de alguna manera estaba segura que lo que escucharía no era bueno. Con un suave movimiento de cabeza; simplemente asentí. Felipa se volvió a acomodar y luego de tomar aire, empezó diciendo: -Ayer pasé a comprar algunas cosas con doña Lupe la de la tienda, desde que me vio se mostró muy amable, para ser sincera yo la noté un tanto exagerada. Prácticamente en seguida de darse cuenta que tú no ibas conmigo, preguntó por ti. Yo le mentí diciendo que tenías un resfriado muy fuerte, pero que ya te había revisado don Jacinto y que pronto estrías bien. Pero justo como yo lo esperaba, la vieja chismosa rápidamente comentó: -¡Qué barbaridad, es increíble todo lo que le ha pasado a Isabelita, nada más date cuenta! ¡La pobre está enferma, se le murió doña Gertrudis y lo del Pancho; eso es lo peor! ¡Mira que dejarla por la Chata! ¡¿Pues qué es lo que tiene el Pancho en la cabeza, qué no piensa?! ¡Ésa señora además de ser una borracha es una descarada! ¡¿Cómo es posible que teniendo marido haga tremendas cochinadas?! ¡Y con un muchachito, pues el Pancho bien podría ser su hijo!

Yo traté de poner un gesto de ignorancia y sorpresa a la vez. Y entonces dándose cuenta que no la detuve; continuó con más ahínco: -¡El pobre del marido tan trabajador, le da todo lo que ella le pide, la tiene como reina; es una verdadera explotadora!

¡Si don Simón lo supiera se muere de tristeza, solo por ver que lo engaña con un chamaquito! ¡Y al menso del Pancho lo está convirtiendo en un alcohólico! Él llega todas las mañanas por aquí, compra varias cervezas y después de un rato, se aparece nuevamente para comprar más. Por la tarde antes de que regrese de trabajar el tarugo don Simón, veo pasar al Pancho de vuelta para su casa, ¡pero ya va bien borracho y eso es todos los días! Parecía que el muchachito era más inteligente, bien dice el dicho: -"¡Nunca pierdas la cabeza por un par de nalgas!" ¡No quiero ni imaginarme cómo se han de sentir los padres del Pancho, pobre imbécil que encima ya no va a la escuela! ¡Hazme favor, tremendo idiota, dejarlo todo por una mala mujer! ¿Y dime, la pobre de Isabel ya sabe todo esto? Me imagino cómo ha de sentirse. A lo que respondí: -Si doña Lupe, ella sabe todo pero no le importa. Dice que cada quien es libre de vivir como quiera, que lo que hagan los demás a ella la tiene sin cuidado. Que todos tenemos derecho de hacer lo que nos dé la gana, y que debemos de ser muy respetuosos para no meternos en problemas. Luego de esto la noté descontrolada y cambió el tema rápidamente, concentrándose únicamente en despacharme. Comenzó a poner en el mostrador montón de víveres, diciendo que ella ya sabía lo que tú comprabas.

Yo no lo podía creer, suponía que él estaba relacionándose con otra mujer; ¡¿pero con la Chata?! ¡Ésta señora podía ser por lo menos unos quince años mayor que él!

Felipa me miraba como esperando una reacción de mí parte, y solo pude preguntar, ¡¿qué le ve!? ¡Si encima de todo la señora era gorda y fea! A lo que respondió con una suave sonrisa: -¡Ay amiguita, tu de plano no sabes nada de éstas cosas! Por un lado que bueno que no has vivido mucho, pero por otro que malo que no tengas ni tantita malicia. Ya iras comprendiendo que así son los hombres. Tú nunca tuviste sexo con él y seguramente que la Chata es una lagartona, pues mira nada más como anda de imbécil el Pancho. ¡Qué grande es el poder que tenemos las mujeres sobre los hombres! Yo no sé de dónde sacan éstos que son mejores que nosotras. Si solo con menearles bien la cola los podemos hacer como nos dé la gana. Mira al Pancho, él es el mejor ejemplo de esto, pero al paso del tiempo no habrá nadie más arrepentido que él.

Para mí enterarme de todo esto no fue tan doloroso, por el contrario, me dio tanta rabia que simplemente lo saqué de mí vida ¡definitivamente! Seguramente Dios pondría para mí cosas y personas mejores. En un pueblo tan pequeño todas las se sabe con prontitud, con el tiempo pude ver como se fue deteriorando la vida de Pancho y di gracias a Dios por habérmelo quitado de encima...

Las conversaciones con don Ramiro habían despertado en mí la inquietud por viajar un poco. Aquélla mañana mientras desayunábamos le pedí que me platicara nuevamente sus paseos a la playa y entonces puse mucha atención. Más tarde cuando Felipa y yo estábamos solas le dije: -Desde hace un tiempo he estado pensando en pedirle a mí papá que nos de dinero para irnos a conocer el mar.

Ninguna de las dos lo hemos visto en vivo, solo por televisión y creo que ya nos merecemos unas vacaciones. ¿Qué te parece si nos vamos unos días a Tecolutla? La carita emocionada que puso Felipa me hizo muy feliz, ella en seguida improvisó una de sus cancioncitas cumbiamberas. Y muy alegres nos pusimos a cantar y a bailar.

Nosotras ya estábamos de acuerdo en esperar a mí padre, yo le pedí a Felipa que me ayudara a convencerlo del viaje, pero la sorpresa que nos esperaba ¡fue inmensa!

Al llegar vio la luz de la cocina encendida y entro diciendo muy contento: -¡Mis niñas lindas les tengo tremendas sorpresas! Primero; traje para que cenen unos riquísimos tacos al pastor, que compré con don Chema. Segundo, ahora quédense tranquilitas y traten de adivinar qué más les traje. Nos miraba a las dos esperando que alguna empezara a responder. Nosotras no teníamos ni la menor idea de que podría tratarse la sorpresa; pero para mí nada de esto era bueno. Yo sabía que si nos daba algo en ése momento, no podríamos pedir nada más. Todo era muy extraño, él no era el tipo de persona que apareciera de repente con sorpresas, bueno ni en los cumpleaños o fechas importantes. Más bien a él se le olvidaba todo, seguido tenía que pedir una disculpa por no recordar sucesos que para otros eran importantes.

Él siguió mirándonos y luego dijo: -¿Nada, no se les ocurre nada? ¡Por Dios digan algo, lo que sea! Entonces Felipa quien siempre era más participativa y ocurrente, empezó diciendo: - ¿Un coche del año? ¡Y cómo nos dio risa! -¿Nos compraste los chocolates que nos gustan? Dije yo. -No nada de eso. – ¡Ya dinos exclamé! Lo que vino después no lo podíamos creer: -Acabo de pagar un crucero por el Caribe para las dos, ¡se van de vacaciones ocho días!

¡Parparen todas sus cosas, ya les deposité a la tarjeta una suma considerable para que viajen tranquilas y aquí les dejo éste dinerito para que se compren lo que quieran; se van la próxima semana! ¡Gritábamos de la alegría; y abrazadas brincábamos del gusto que nos daba! Casi no podíamos creer que nos estaba regalando justo lo que nosotras le queríamos pedir, ¡pero mejorado! Ya no iríamos un fin de semana a Tecolutla, ¡esto era mucho mejor! En ése instante llegó a mí mente otro mensaje de La Muerte diciéndome: -Y esto es solo el principio, pídanme lo que quieran, todo se los daré, haré de todos ustedes lo más grande que hayan podido imaginar...

¡El viaje fue simplemente espectacular! Pasamos la semana más maravillosa de toda nuestra vida. El barco era lujosísimo, nosotras jamás habíamos estado en un lugar así de lindo. Esto era definitivamente otro nivel de vida. Desde que llegamos no parábamos de asombrarnos con tanta belleza; recorrimos lugares impresionantemente hermosos. La atención del personal era como para unas reinas, y de hecho así nos sentíamos.

La comida que nos daban, nosotras jamás la hubiéramos podido preparar. Todo en ésa semana fue verdaderamente fascinante. Hubo un momento en que le pedí a Felipa que diéramos gracias por las cosas tan hermosas que nos estaban ocurriendo. Así lo hicimos y luego de agradecer nos abrazamos y yo empecé a llorar. Lamentaba profundamente que algunos de mis seres queridos incluyendo a Pancho, no pudieran disfrutar de todo esto.

Y nuevamente Felipa me dijo algo muy cierto: -"Él se lo pierde y tú te lo ahorras." Finalmente regresamos a casa muy contentas por la maravillosa experiencia y con algunos presentes para nuestros familiares. Mi padre fue a recogernos y después de hacerlo, nos invitó a comer a un restaurante lujosísimo diciendo que a él le estaba yendo muy bien y que era mejor que nos fuéramos acostumbrando a vivir así. Comentó sin ningún titubeo: -Quiero que ahora que regresaron nos sentemos a hablar de muchas cosas que vamos a ir cambiando.

En seguida nos platicó que en una de ésas madrugadas, mientras nosotras estábamos de viaje; don Ramiro había llegado a la casa acompañado por un mariachi con tremenda serenata. Dijo que pensó en prender y apagar la luz para hacerle creer, que nosotras estábamos oyendo el lindo detalle, pero luego se arrepintió de jugarle la broma. Se quedó parado detrás de la ventana sin saber qué hacer y decidió permanecer sin intervenir, pues vinieron a él puras ideas malas.

Luego pensó en salir y detenerlo pero como el señor cantaba con tantas ganas sintió feo y lo dejó continuar. Nos comento, que de plano él no quiso hacerle el desaire.

Así es que mientras que don Ramiro cantaba a todo lo que daba acompañado por el mariachi, él bajó a la cocina, sacó del refrigerador un vino tinto bien frío, picó algo de jamón serrano, queso de cabra y dejó que los mariachis terminaran de tocar y cantar varios temas de amor. Lo más divertido fue que cada que don Ramiro podía, gritaba un tanto desentonado y con nada de gracia -"Felipaaa, Isabeeeel"- sin poder decidir para quién de las dos era la serenata o quién era la que más le agradaba...

Ya cuando paró la música salió para agradecerle el detalle e informarle que nosotras no estábamos, pero que a nuestro regreso nos diría todo. También lo invitó a pasar para que tuvieran una velada jugando póker. Luego los tres nos reímos mucho de esta situación. ¡A ése don Ramiro le pasaba de todo!

Regresamos a la casa por la noche y después de acomodar nuestras cosas nos fuimos a dormir todos. Yo aproveché ése momento a solas conmigo para prender una velita blanca, un incienso con aroma a sándalo y me hinqué a reverenciar a La muerte. Fue hasta ése instante que me explicó, que el poder del que ella hacía gala no le pertenecía, que todo estaba en mí. Dijo que en la medida en que mi fe creciera su poder aumentaría y lo que yo recibiría a cambio ¡era sublime, mayúsculo! Dijo que no había nada de qué preocuparme, que no permitiría que nada ni nadie, nos hiciera daño. Por el contrario, lo que nos esperaba yo no lo podía siquiera imaginar.

Me hizo vislumbrar que un futuro próximo lleno de prosperidad nos esperaba. Dijo que la mismísima historia nos recordaría por todos los siglos. Yo me dormí muy tranquila dejando como siempre, que la vela y el incienso se consumieran solitos.

Al amanecer se apareció don Ramiro, éste llegó más temprano que de costumbre. Mi padre le abrió la puerta y lo pasó a la cocina pidiéndole que nos esperara. Lugo fue a levantarme diciendo que me arreglara y que le dijera a Felipa que hiciera lo mismo y él nos esperaría en la cocina. Que lo que nos haría saber era de suma importancia y que don Ramiro ya se hacía cargo del desayuno. Yo me quedé atónita, me preguntaba qué estaría pasando, sin embargo hice lo que me pidió.

Luego de estar lista, las dos nos aparecimos en la cocina, justo como mi padre nos lo había ordenado. Con muchas interrogantes en la mente, pero como siempre guardando silencio. Nos sentamos aguardando para saber qué era lo que estaba pasando. Don Ramiro no esperó para enterarnos que nos había extrañado mucho: -¿Qué tal se la pasaron mis amores? ¡Les ha caído de maravilla el Caribe, vienen hermosas, bronceadas como modelos internacionales!

Y de inmediato mi padre contestó con energía: -¡Basta Ramiro, no es momento para tus tarugadas! Ahora a desayunar que mientras lo hacemos, voy a explicarles de que se trata todo esto.

Empezaré diciéndoles que en su ausencia grandes cosas ocurrieron. El partido de la república, me ha elegido como el candidato a la presidencia municipal de aquí mismo. Lo que significa que él que está frente a ustedes ¡es el próximo presidente municipal! De cualquier forma tenemos que trabajar: -Ramiro,-dijo mi padre. Tú serás mi jefe de campaña y de ahora en adelante, mi brazo derecho ¡en todo! Jálate al chamaco éste; ¿cómo se llama? El flaquito que más bien parece lombriz de agua puerca. - ¿Quién? - Dijo don Ramiro, y poco a poco se reía sin disimular. Mi padre también sonrió un poquito, y luego se acercó a Felipa pasando su brazo con cariño, sobre el hombro de ésta y mirándola con ternura y respeto contestó: - a Benito, hay que ayudarlo a crecer.

Asígnale un buen puesto y un salario muy decoroso. Y no te olvides de matricularlo en la escuela. ¡De ahora en adelante no habrá descansos, a trabajar y estudiar! Luego refiriéndose a nosotras dijo: -Ustedes dos harán todo lo que yo les vaya pidiendo.

Por lo pronto tú Felipa, dejaras de dedicarte a las labores domésticas y serás la nueva asistente personal de Isabel y tú mi reina hermosa te dedicaras a todo lo que sea trabajo social. - ¿Trabajo social, no entiendo papi? Nuevamente sonrió y me abrazó con infinita ternura diciendo: - Si mi reina hermosa ¿te gustó viajar? A lo de inmediato contesté que sí. Bien pues van a conocer el mundo, tú labor será solo ser feliz no harás nada más y Felipa te ayudará haciendo lo mismo, y soltaron la carcajada. Desde hoy tu eres la jefa y ella tu asistente personal. Ahora sigan con sus cosas que Ramiro y yo tenemos mucho trabajo. Me dio un gran beso en la frente y antes de irse ordenó: - ¡Felipa! busquen dos personas de confianza que se encarguen de las cosas de la casa, pues de ahora en adelante su trabajo vivir bien. Eso es todo lo que quería comentarles; y sin probar el desayuno se marcharon muy contentos. Para nosotras el día estuvo lleno de comentarios respecto a la noticia que nos había dado mi padre, por lo que decidimos continuar con nuestras vidas igual. No creímos necesario contratar a nadie para que realizara las labores que nos hacían felices. Estábamos muy contentas planeando a donde iríamos en nuestro próximo paseo pero llegado el momento, cerraríamos la casa sin dejar a nadie a cargo. Por la tarde salimos a comprarnos una nieve; entramos a un lugarcito muy pintoresco y después de ser atendidas por la mesera, pude darme cuenta que Felipa estaba muy conmovida y entonces quise saber por qué. Con lágrimas en los ojos, ésta comenzó a hablar de algo que me lleno de emoción y lloramos las dos: -Isabel -dijo- tu padre es maravilloso. Extendió la mano para entregarme una hoja de papel doblada en cuatro. Me la mostraba tratando de animarme para que la leyera: -Mira lo que él puso sobre mí cajonera. La encontré antes de venirnos a comprar las nieves. En algún momento entró a mí recamara y la dejó de manera secreta. Yo tomé la hoja y pude leer lo maravillosamente bueno que era mi padre. Lo que su actitud aparentemente distraída decía, hoy su corazón se encargaba de mostrarnos que estábamos equivocadas, él continuaba pendiente de todo. Vimos pues el gran ser humano que éste era.

Sin hacer más nada, comencé a leer…

Señorita Felipa:

"Usted ha sido la mejor amiga de mí hija, casi como una hermana y un apoyo enorme para ésta familia. No olvido el cariño, el respeto y la dedicación que mostró especialmente con mi madre. De hoy en adelante, todos sus familiares estarán protegidos en todos los sentidos por mí. Sépase que ya no hay nada de lo que usted deba preocuparse. Le gradezco infinitamente todo lo que ha hecho por todos nosotros".

¡Él lograba de una o de otra manera, hacerme sentir muy orgullosa!

Así pasaron los meses y una mañana lluviosa de verano, cuando tomábamos el café llamaron a la puerta. Pensé, quién será tan temprano. Mi sorpresa fue mayúscula cuando vi que el que estaba afuera esperando, era Pancho. - ¿Cómo estás Isabel, podemos hablar? No sabía que responder me quedé estática. Pero inevitablemente sentí mucha alegría, parecía que mis sentimientos por él estaban intactos. Pasa -le dije- ven a tomarte un café que la mañana está húmeda y fría...

Cuando Felipa nos vio entrar a la cocina abrió los ojos tan grandes que casi se le salen, pero solo saludó y se marcho a seguir con la limpieza de la casa, sin preguntar nada. Mientras yo preparaba el café y le servía el desayuno, él me miraba sin decir palabra alguna. Mi corazón latía con rapidez y fuerza, y yo trataba de que no se notara mi emoción, pero pienso que no lo logré. Creo que él sabía que el solo hecho de estar ahí, ¡me hacía inmensamente feliz! Después me senté a hacerle compañía mientras él disfrutaba de unos deliciosos tlacoyos con bistec, me preguntó cómo me sentía ahora que mi padre era el presidente municipal, y quiso saber todo respecto a los viajes que habíamos realizado Felipa y yo.

Platicamos un rato de todo, en un momento se quedó muy serio y con lágrimas en sus ojos me pidió que lo perdonara. Yo lo abracé y lloramos juntos; luego nos besamos con un profundo amor. Él trató de explicarme todo lo ocurrido, yo no se lo permití. No quise saber los detalles de lo sucedido con la Chata. Que habláramos de eso me pareció una falta de respeto a mí persona. También creí que al mencionarla le dábamos presencia y poder así es que no la hice parte de nuestro momento. Lo perdoné y dejé en el pasado todo lo anterior. ¡Estábamos tan contentos! Bien dicen que las reconciliaciones son mejores ¡que todo! En ésos momentos maravillosos solo pudimos disfrutar, nunca pensamos en nada más. Pude sentir nuestros corazones latiendo rápida e intensamente, mientras estábamos abrazándonos con tanto amor.

Así es que en el mismo momento me propuse empezar de nuevo. Pensaba que ahora con mayor experiencia y madurez, podríamos hacer una mejor relación. Fue un hermoso y tierno lapso de tiempo que no parecía terminar…

No fue necesario hablar de todo lo ocurrido, podíamos comprometértenos a luchar por nuestro amor solo con hechos, un cambio de actitudes sería mucho más valioso. Las palabras solo se sustentan con fundamentos, y nosotros no las necesitábamos si podíamos ir directo, al buen desempeño de nuestras personas y nuestra relación.

La que no se quedaría con las ganas de saber hasta el último detalle era Felipa; y claro que ya se había ganado que le invitara un cafecito en algún sitio lindo para poder platicar.

A pesar de lo pequeño del pueblo había algunos lugarcitos hermosos a los que podíamos acudir y pasar un buen rato.

En ésos días casi no veíamos a mí padre, estaba totalmente metido en sus cosas y solo en ocasiones mandaba a don Ramiro para que se asegurara que estábamos bien. Le pedí a éste que le dijera a, se tomara un momento para atenderme. Lo que yo tenía que hablar era personal. Y aunque éste se enteraría, prefería platicarlo solo con mí padre. Le hice ver a don Ramiro que no había problema alguno, pero que era importante que habláramos personalmente mi padre y yo. Más tarde llamó él por teléfono para saber que pasaba, le comenté que todo estaba bien pero que quería que platicáramos en cuanto él tuviera tiempo. Dijo que ése día tenía mucho trabajo, que terminaría con sus actividades ya tarde, pero que no importaba la hora en que llegara a la casa, que hablaríamos ésa misma noche ¡sin falta! Luego repitió lo que tanto me gustaba oír. "Nada ni nadie es más importante que tu mi reina linda, te amo." Y por la noche justo como lo había prometido, llegó directamente a mí recamara.

Me despertó un poco preocupado: - Despierta hijita, despierta ¿y dime qué te ocurre? ¿Estás bien mi niña hermosa, dime mi amorcito, qué puedo hacer por ti?   Papi -dije- Volví con Pancho. Hoy estuvo aquí y ya lo perdoné. Me miró con total desacuerdo preguntando si mi decisión estaba bien pensada, a lo que respondí afirmativamente. Entonces me habló del respeto y la admiración que sentía por todo lo que yo hacía.

Agacho la cabeza y se quedó pensativo un instante. Estaba incomodo con lo que pasaba. Pero casi de inmediato se recuperó y dijo: -¡Te diré como vamos a resolver esto! Permaneció callado unos segundos más, solo para tomar fuerza y antes de que yo pudiera pedirle ayuda para Pancho, me dio un beso y se puso de pie diciendo: -¡Yo sería capaz de todo, escúchalo bien, de todo por verte feliz! -Y en seguida me pidió: - Dile a Pancho que lo espero el lunes a primera hora en el palacio municipal, que me busque en mí oficina antes de las diez de la mañana, después estaré muy ocupado y no podre atenderlo.

Le voy a ayudar a ese muchacho. Voy a hacer de él un gran hombre, mi princesa no estará con un don nadie. - Gracias papi, te agradezco mucho todo lo que haces por mí. Me dio otro beso y se retiró a descansar. Ésa noche me desperté varias veces, me costó mucho trabajo poder dormir tranquila. Tuve varios sueños inquietantes, pero mantuve la calma sabiendo que solo eran eso, sueños. Y finalmente conseguí dormirme profundamente.

Al día siguiente, mientras yo me encargaba de preparar el desayuno; Felipa entró a la cocina reclamando a su manera, el hecho de que yo hasta entonces, no le hubiera platicado los detalles de mí encuentro con Pancho: - Bueno -dijo- en un tono sarcástico, tendré que esperar hasta el próximo lunes de Chuchitas Cuereras y Sexo.

Sonreí un poco y comenté: -¿Qué te parece si nos ponemos muy bonitas y comemos por ahí? Buscaremos un lugarcito lindo para pasarnos un rato agradable, y mientras disfrutamos de una rica comida, te platico todos los detalles de mí regreso con Pancho. ¡Ya tenemos pretexto para festejar! Me miró con un gesto de tremenda picardía y exclamó muy contenta: -¡Lo sabía, lo sabía!

Empezaron a correr los mejores días de nuestras vidas. Pancho y Benito estudiaban y trabajaban duro. Mi padre era muy inteligente, les había dado órdenes a los dos, de presentar sus calificaciones mensuales cada día de cobro, y si querían recibir la paga que era muy buena, tenían que traer las mejores calificaciones. Entonces le ordenaba a don Ramiro que les diera un bono extra por alcanzar la excelencia. Pero antes de recibir la paga, Margarita la secretaria de mí padre, les retiraba el cincuenta por ciento del dinero, haciéndoles saber que eran disposiciones del mismísimo Presidente Municipal, que ahorraran la mitad. Los muchachos no discutían. Acataban las órdenes y jamás se quejaron de ésta medida. Cuando mi padre vio que aceptaron todo sin problemas, les empezó a dar bonos extra ¡por todo! Había bono por buena conducta, bono por acomodar las plantas, bono por abrir las cortinas y ventanas, bono hasta por respirar; y los chicos empezaron a acumular cantidades que jamás imaginaron. Lugo de dos años les indicó que él manejaría sus ahorros y los involucró en todos los negocios que tenía con don Ramiro. Hicieron tremendas inversiones y todas muy bendecidas. Nuevamente La Muerte nos dejaba ver toda su protección.

Yo me sentía un tanto preocupada, pues recordaba el día en que ésta me dijo que cada uno de nosotros (refiriéndose a Pancho y a mí) tenía ya su historia.

Eso era una situación que me obligaba a pensar en que no estaríamos juntos mucho tiempo, pero por otro lado veía como mi padre se encargaba de irlo enganchando en todo. Por lo que ahora para él vivir sin mí era prácticamente imposible.

No sabía cómo sentirme ante esto, aunque lo platicaba con Felipa y ella me decía que todo estaba bien y que no tenía razón de preocuparme; yo no estaba tranquila. Decidí hacerle una visita sorpresa a mí padre. Tenía en mí alma muchas interrogantes y era momento de que me las aclarara ¡todas!

Aquélla mañana él me recibió en su oficina verdaderamente desconcertado. Un mundo de gente esperaba a que él se desocupara y los pudiera recibir.

Para ser sincera desde que llegué, todas las personas que ahí trabajaban me veían cuestionándose; qué hacía la hija del Presidente Municipal ahí, si jamás me hacía presente por ninguna razón. Algunos que solo querían tener una audiencia con mi padre, tomaban un turno y esperaban sentados a que él los pudiera atender.

Así es que todas las miradas se dirigían a mí. Ya en la oficina, a la primera a la que le causo impresión mi visita fue a Margarita su secretaria; quien inmediatamente después de saludarme me preguntó qué hacía yo ahí. Solo dije que le avisara a mí padre que lo esperaría a que se desocupara para poder verlo.

Me senté en uno de los cómodos y lujosos sillones que adornaban la sala de estar, tomé una revista y traté de aparentar que leía. De ésta forma evitaría todas las preguntas que Margarita pudiera hacerme. Casi en seguida de mí llegada ella entro a la oficina, y luego de unos minutos salió diciendo que me esperara un momento, que mi padre me recibiría en seguida. Finalmente pudimos platicar sobre todo lo que había estado haciendo para mí beneficio. Después de eso canceló todos sus compromisos y nos fuimos a la casa.

Con el paso de los meses Pancho se portaba cada vez mejor. Era muy detallista, seguido me invitaba a cenar a diferentes lugares, los arreglos florales y las tarjetas de amor llegaban a la casa todo el tiempo. Me gustaba mucho que se manejara conmigo tan caballeroso. Pero el asunto con la Chata seguía atormentándonos. Una noche cuando salíamos de una cafetería, nos cruzamos con ella, la mujer estaba muy ebria. Al vernos comenzó a agredirme verbalmente, lanzando toda clase de insultos, los más vulgares que han dicho. No era la primera vez que lo hacía. Ya en otras ocasiones había ocurrido, que la mujer se portaba grosera, pero en cada oportunidad que tenía de tropezar con nosotros, su mal comportamiento se hacía más violento y por alguna razón supe que ella no se iba a detener. Ese día Pancho me abrazó y me condujo rápidamente al otro lado de la calle diciendo muy quedito: -Lo siento mucho Isabel, perdóname todo es mí culpa...

Éste tipo de situaciones agresivas por parte de la Chata, continuó por algún tiempo. Parecía estar muy enojada, ¿pero por qué conmigo? Yo no alcanzaba a comprender, por qué ella consideraba que yo era la responsable del fin de su relación con Pancho. Sin embargo su mala forma de actuar hacia mí persona, se agravó a niveles muy intimidantes, logrando mantenerme realmente asustada. Llegué a comentarle a Felipa que sentía, que si nos encontrábamos en la calle me golpearía.

De las actividades que realizaba muchas eran en la calle y las hacía
sola; pero incluso tuve que pedirle a Felipa, que por favor me
acompañara siempre que tuviera que salir. Ella me rogaba que le
dijera todo a mí padre; dijo que seguramente mandaría a alguien y
la pondrían en su lugar. Pero a pesar de no haber vivido nunca
cosas como ésta yo no quería molestarlo; no sabía qué hacer. Era
tanto mi miedo que prefería que no tocáramos el tema pues el
hacerlo incuso me hacía sentir muy incómoda; molesta.
Obviamente mis salidas se redujeron considerablemente, la casa
era mi refugio. Solo ahí me sentía realmente segura. Suponía que
estando encerrada, no había manera de que ella se acercara a mí
parar molestarme. A partir de entonces salía poco y nunca sin
compañía.

Al principio me molestaba mucho la actitud de ella, pero pronto
comprendí que el problema lo había generado Pancho. Entonces
por primera vez empecé a sentirme realmente indignada con todo
esto. Hasta ése momento comprendí que las personas que toman
las relaciones a la ligera; no alcanzan a darse cuenta de las
consecuencias que nos hacen vivir a los demás. Así es que dirigí
toda la responsabilidad de mí malestar a Pancho; finalmente era de
ahí de donde había salido todo. Ése fue para mí, el principio del fin.
Tuve mucho miedo de involucra en esto tanto a mí padre, como a
La Muerte. Creí que el castigo podría ser mayúsculo ¡y me dio
terror! Pues aunque estaba realmente molesta y asustada, no era
capaz de hacerle daño a nadie. El no sentirme segura hacía que me
pusiera peor. En el fondo reconocer que era dueña de un corazón
noble me molestaba mucho. Dejaba ver la enorme incapacidad que
tenía para poner soluciones reales. Mi actitud no ayudaba en nada,
pensaba que era ¡tremenda idiota! Llegué a renegar de haber sido
educada como una mujer decente y con principios morales firmes.
¡Quería golpearla, hacerle mucho daño, tanto como el que ella me

hacía a mí! Pero el pánico me paralizaba. Es muy feo que no sepas cómo manejarte para vencer el miedo y lo peor es que, quién lo genera puede verlo en ti y entonces eso los hace muy poderosos. Con todo esto aprendí que los abusadores se alimentan de tus miedos, pero que realmente lo que los hace manejarse así; es ser dueños de un miedo aún más grande que el tuyo. Miedo que se generó en su infancia por personas que le hicieron el mismo daño o peor al que son capaces de generar, repitiendo patrones de conducta de manera totalmente equivocada. La Chata dejaba ver que en el pasado había sido una personita abusada. Lamentablemente hasta ése momento, no había recapacitado en la importancia de atender mediante ayuda especializada, ésos traumas y solo actuaba de la misma forma que a ella le habían enseñado. Todo es educación y ésta se trasmite a través de los ejemplos de vida. Todos los seres repetimos patrones de conducta, buena o mala; pero los repetimos. No la justifico, solo trato de entenderla, pues para mí es más fácil perdonarla si logro encontrar dentro de su vida, la razón de su terrible actitud.

Lo cierto es que en aquéllos momentos yo deseaba con fuerza que esto se acabara, sentía estarme desquiciando. Poder irme muy lejos, donde la Chata no lograra saber nada de mí, se estaba convirtiendo en el más grande de mis anhelos. Varias veces el miedo y la desesperación provocaron en mí, la más grande de las impotencias.

Trataba de poner una solución y lo único que se me ocurría era bloquearlo, pero tampoco sabía cómo hacerlo y no lo conseguía. Toda ésta situación me provocaba terrible desesperación, inclusive la perdida de el control sobre mí y terminé por lastimarme físicamente. En una ocasión yo sola me pegué en la cara con la palma de la mano, también jalé mi cabello y en otra me rasguñe las piernas. Mi propia incapacidad de resolver tan grave situación, me estaba conduciendo a la locura...

Desaparecer como por arte de magia, era lo único que se me ocurría hacer para terminar con tan desagradable situación.

Ya no era miedo, era terror y estaba acabando con todo mí ser. Si la malvada mujer no paraba ¡me volvería loca! Pero la Chata parecía disfrutar manteniéndome asustada. Así es que mis ganas de salir corriendo y esconderme crecían incontrolables. Nunca supe cómo consiguió el número de mí teléfono, pero me hacía llamadas en tono amenazante de manera continua. El miedo me llevo al borde de la histeria. ¡Me sentí muy mal! En momentos muy triste, otros enojada y muy nerviosa. Empecé a morderme las uñas, los dedos de mis manos lucían terribles.

Felipa, quién se daba cuenta de todo me decía: -Trata de calmarte, no te hará nada. ¿Por qué no se lo dices a tu papá? Seguramente que él ya le hubiera puesto un alto a todo esto. ¡No permitas que te intimide! Pero yo sentía que La Chata sí me haría daño ¡y mucho! Mientras todo pasaba, mi corazón empezó a generar sentimientos muy negativos hacia Pancho. Para él fue inevitable notar mis cambios, trataba de que yo me controlara, que estuviera tranquila, pero no fue posible. Hubo un momento en que éste tomó la decisión de ir a hablar con ella y fue peor. La Chata se tornó más agresiva y como la mayor parte del tiempo estaba ebria, no pensaba en nada más, que hacer daño. Él me decía a cada momento cuánto lamentaba todo lo que estábamos pasando. Hablaba de lo arrepentido que estaba y lo mucho que me amaba. Luego poco a poco hizo referencia al hecho de no querer perderme. Se pasaba el tiempo reconociendo sus fallas y volvía a pedir que lo perdonara. Para mí ésta actitud se hizo molesta. No sé en qué momento pasó; pero dejé de quererlo, y de forma inexplicable entre menos me importaba él a mí, más enamorado lo veía. Sin embargo esto era algo que tampoco me agradaba. Finalmente me decidí y fui a buscar en su oficina a mí padre. Como siempre me recibió cariñosamente, y contento con la visita preguntó: -¿Qué pasa mi reina linda estás bien? Contesté con coraje: - ¡No, no estoy bien, de hecho estoy muy mal! Y quiero que me expliques ¡¿qué estás haciendo con mi vida?! ¡¿Por qué no estás a mí lado para cuidarme?! Se quedó mudo, él nunca me había visto así. ¡Yo jamás le había rebatido ninguna de sus decisiones! – Entonces me tomo de los hombros y con tierno amor dijo: -Haber… ¿Qué sucede? Tranquila… ¿Peleaste con Pancho, alguien te molestó? ¡Ya se, dinero! Se te acabó el dinero y necesitas más, espera deja darte algo… ¡Basta! -Le dije con mucha energía. –Quiero que me expliques ¡¿por qué te has alejado ignorando todo lo que a mí se refiere?! ¡¿Solo dime qué estás haciendo con mi vida?¡

Y en ése momento me derrumbé y prácticamente implorando dije: - ¡¿Dios por qué nadie me respeta?! No pude detener el llanto producido por la desesperación, la angustia y el dolor acumulados con el tiempo; en el que yo no supe que hacer.

Mi padre se quedó mudo, atónito, me vio tan mal, que en ése momento le pidió a Margarita que por favor cancelara todos sus compromisos. Y finalmente nos fuimos a la casa. Al llegar nos encerramos un largo rato en mí recamara, entonces como pude le conté todo lo que me estaba pasando. Vi como su cara se ponía rojísima, transformada por la rabia que le provocaba, escuchar tanto daño a mí persona. Apretaba los dientes con fuerza mientras yo narraba todo lo sucedido, con un lenguaje tan entrecortado por el llanto, que apenas se entendía. En ése momento tanta maldad me tenía trastornada, la tipa ésta era terriblemente mezquina. Cuando terminé de comentarle todo a mí padre, yo seguía sollozando verdaderamente agotada. Y permaneciendo abrazada de él me sentí protegida. Éste como pudo continuó totalmente callado. Después de un rato cuando me vio calmada, me retiró de sus brazos y le llamó a Felipa pidiéndole que no me dejara sola, que él tenía que salir y se fue...

Con el paso de los días me fui sintiendo mejor. Ayudó mucho que por fin la Chata había dejado de molestarme. Las llamadas amenazadoras por teléfono pararon totalmente, no la volví a ver en la calle, pues yo de plano ya no salía para nada. Entendí que esto se debía a otro milagro de La Muerte. Así es que volví a encender una vela blanca y un incienso para agradecer. Y no comprendí por qué no logré tener comunicación con ella, pero no le di importancia. En momentos tan difíciles, la familia se constituye en el más grande apoyo, y yo agradecí mucho poder contar con la mejor de éstas.

El morrito era dueño de mí más grande afecto. Él animalito de alguna manera lo sabía, procuraba estar siempre junto a mí y yo lo disfrutaba mucho. Creo que éramos muy parecidos, nos gustaba que nos dieran mucho cariño y lo mismo dábamos nosotros. Siempre tuve la impresión que de alguna manera, el gatito sabía que yo lo había salvado de una vida horrible en la calle, y él se mostraba agradecido dándome a mí; más amor que a nadie en la casa. Era un presumido, cuando atrapaba algún animal, lo llevaba hasta donde yo me encontraba, y lo dejaba muy cerca para que lo viera y le reconociera lo buen cazador que era. Su amor por mí se hizo presente en aquéllos momentos tan trágicos por los que pasé. Él se mantuvo más cerca que de costumbre. Llegué a pensar que por alguna razón se daba cuenta que algo andaba mal. Felipa insistía en que el pobre animalito no tenía cerebro, pero yo creo que no lo necesitaba; nuestra comunicación era emocional. Valoré tanto su presencia en mí vida, que pasó de ser una linda mascota, a ser un miembro más nuestra familia. Pancho salió completamente de mí corazón. Nunca entendí por qué lo dejé de amar, pero jamás volví a sentir nada importante por él, y como mi padre nos había relacionado en sus negocios; pasé de ser su novia a ser únicamente su socia, pues a pesar de haberle pedido que fuéramos amigos, se negó. Lo comprendí tratando de ponerme en su lugar. ¿Sería capaz yo, de aceptar ésa propuesta? Noté que es fácil convertirse en la novia de tu amigo pero complicadísimo ser la amiga de tu ex novio.

Después de eso nos veíamos poco, pues mi padre se encargaba de mis inversiones yo ni sabía bien que tanto tenía. Le propuse a Felipa que realizáramos otro viaje y decidimos irnos a conocer Europa.

Aquél día en que íbamos rumbo a la capital para llegar al aeropuerto, a reunirnos con las personas que formaban parte de la excursión, que habíamos pagado. Pasamos por la casa de la Chata y pude ver que hacían mudanza. Felizmente para mí, estaban sacando todas sus cosas de la casa.

En silencio le di gracias a Dios, a La Muerte y a todos los Santos por darme un regalo tan valioso. ¡Una paz infinita invadió mi alma, yo no podía dejar de agradecer!

Una mañana después de mí regreso de Europa, doña Lupe la de la tienda me comentó, sobre la terrible noticia que circuló por todo el pueblo.

Resulta que a la Chata, se le habían metido en su casa unos hombres a asaltar. Dijo que nadie supo quienes fueron, que como siempre la policía había llegado demasiado tarde y que no hubo aprensiones. Me platicó que delante de toda su familia le habían puesto tremenda golpiza, mandándola al hospital en muy malas condiciones. Que gracias a Dios solo a ella la habían lastimado. ¡Ay Isabelita, casi la matan! Mejor hay que portarse bien pues todo se paga. Eso fue lo último que yo supe de la Chata.

Con el paso de los meses, pude ver a Pancho verdaderamente enamorado de mí, pero a destiempo. Yo no sé si a todos los hombres les pasa igual. Pareciera que son un poco estúpidos y contradictorios. ¡Es increíble que les guste sufrir!

No tiene sentido la forma en que se manejan pero parece que así son todos, no lo sé. Hoy tienen a su lado a una mujer que los ama, les ayuda a trabajar, los apoya con la escuela, los consiente, los cuida, está junto a ellos en todo momento y concentra toda su atención en tratar de hacerlos felices. ¡Y a ellos termina incluso molestándoles ésta actitud! Luego cuando la mujer decide darse media vuelta y caminar por la vida sin ellos; y empieza a hacer cosas que la mantienen feliz y concentrada solo en ella misma. Cuando a ella ya no le importa lo que pace con su ex pareja, pero no porque sea algo que se impone a voluntad después de haberlo planeado, sino porque realmente ya no piensa en él para nada. Y hasta cuando alguien hace referencia, a algún asunto relacionado con éste hombre y menciona su nombre, ella sin pensarlo, inocentemente pregunta de quién se está hablando, pues ya tiene todo lo relacionado con él en el olvido. Es entonces que el mismo hombre voltea a verla verdaderamente interesado, y solo cuando recibe el rechazo absoluto por parte de ella, se siente muy enamorado. Luego viene el proceso de reconquistarla. Inútilmente se esfuerzan por agradarla en todo, por hacerle ver que nadie en el mundo la amará tanto como ellos.

Pero lamentablemente solo es tiempo perdido pues algunas mujeres damos oportunidades, pero cuando terminamos con una relación que no nos satisface, somos determinantes. Y abrimos totalmente la posibilidad de permitir la entrada en nuestras vidas, a otro hombre que nos parezca atractivo. Dándonos la oportunidad de compartir con alguien más todo lo que somos. Es a éste nuevo ser, al que le brindamos todo lo que el otro no quiso tener en su momento, pues le pareció ¡basura! Así que solo retomamos el camino; haciendo valer lo que realmente somos. Nos dejamos llevar por la nueva oportunidad que Dios y la vida nos brindan. Pero ahora con el aprendizaje que dejó la desdichada unión anterior, nos damos a la nueva relación con la madurez necesaria, para tratar de conseguir mejores resultados. ¡Qué ironía! Pues para los hombres en general la relación empieza justo cuando para las mujeres, termina.

Para la ex pareja eso es terrible, pero la molestia no es por haber perdido a una mujer que no consideraron virtuosa, pues hasta mucho después la reconocen como tal. Sino por mera vanidad; más en su natural estupidez crean tremenda confusión y esto, los arrastra a sufrir mucho más de lo que ellos pudieron hacer sufrir a su ex pareja. Para Pancho las cosas aparecían en su vida, como la más lamentable forma de codependencia. Fue muy triste ver que sus apegos, lo llevaron al inmenso dolor que le provocaba saberse tan enamorado de mí, y tan mal correspondido.

Con el paso de los meses a las personas del lugar, se les olvidó fácilmente lo mal que se había comportado y empezaron a ver en él, "al pobre buen hombre" merecedor de un amor tan grande; como el que ahora me brindaba él y yo despreciaba injustamente. Pronto le perdonaron ¡todo! Entonces la mala era yo, por no disculparle todos sus errores. No entendían que esto no es cuestión de perdonar. El perdón va implícito al olvidarse completamente de las malas acciones en la relación.

Lo que también aprendí con todo lo ocurrido, fue a conocer la forma en que se manejan los demás.

Si un hombre comete errores no importa que tan grabes sean, las personas pronto perdonan y olvidan. Y sí los errores tienen que ver con ser promiscuo, hasta se le da un gran reconocimiento y el tipo se vuelve más codiciado para la mayoría de las mujeres. Lo que en muchas de las ocasiones le trae a éste, la fama de conquistador que las mismas mujeres le formulan, haciéndolo más atractivo. No importa si es feo, holgazán, mantenido, borracho, inmaduro, mujeriego etc. Siempre aparecen mujeres con almas rescatadoras, que por extraño que parezca, manejan con tremenda seguridad ser ellas las únicas capaces de lograr, que estos hombres buenos para nada cambien. No logran ver que ésa forma de manejarse con las personas, es la única que conocen, por lo que la relación con ellas será igual a todas las que el hombre ya tuvo anteriormente.

Por ésa razón y el apoyo de todos los que les aplauden sus equivocaciones, viven eternamente seguros de estar haciendo siempre lo correcto.

Pero si la que comete los errores es una mujer, las mismas personas que al hombre le aplauden su pésima actuación; con ésta se muestran castigadoras, y no olvidan jamás éste tipo de incidentes. Colocando al hombre en un injusto, lamentable, pero altísimo lugar y a la mujer, en el lugar más devaluado para siempre. A la larga las cosas resultan al contrario. Para la mayoría de ellos el futuro es incierto. Mientras que para algunas de ellas éste sea prometedor. Las mujeres que fueron tan terriblemente sancionadas por todos, generalmente toman lo mejor de tan malos resultados y obtienen el aprendizaje.

Llevan inteligentemente a la productividad, lo generado por sus equivocadas acciones. Y al hacerlo logran con el tiempo, ver reflejado en todo lo que realizan, los frutos de no haber hecho caso omiso a las duras críticas. Los comentarios malintencionados pero bien manejados, en manos de mujeres intuitivas y nobles, se manifiestan de manera positiva, mejorando su actuación en la vida y conduciéndolas por caminos de triunfo, en todo lo que emprenden. El futuro para éstas, resulta ser por lo general formidable, pues terminan convertidas en grandes personas. Comprometidas con lo que hacen, logrando colocarse en altísimos niveles ¡en todo!

Para ellos el resultado de haber sido reconocidos a través de sus errores, como grandes hombres, por lo general los lleva a no lograr una relación estable con nadie. Lo que a futuro los coloca en terrible soledad pues los desordenes en sus vidas los alejan de las personas que si valían la pena. Lamentablemente al ser ellos, los responsables directos de causar tanto daño a muchas personas, ni sus familiares más próximos los quieren cerca. Terminan siendo el pariente indeseable que ninguno de nosotros queremos tener, pero que casi todas la familias poseemos. Lo mejor que les puede suceder a éstos hombres, son dos cosas: Tener mucho dinero para que por lo menos por ésa razón, aparezcan en sus vidas, personas interesadas en ellos. (Cosa que en la mayoría de estos hombres no sucede, pues se gastan casi todo lo que ganan en sus conquistas y diversiones). O una madre consentidora y permisiva que les viva muchos años. Y que si son seres afortunados, la señora se muera después que ellos; pues si la muerte llega a sus progenitoras antes, el abandono por parte de sus seres "queridos", es inminente. Hasta entonces no reconocen como las principales responsables de tan mala educación, a sus madres. Al contrario, ven a éstas señoras como las más buenas y virtuosas del mundo. Pero terminan por aceptar por lo menos para ellos, que lo peor que les pudo pasar fue tener como madre, a una mujer incapaz de brindar el verdadero amor adulto, ése que te lleva al crecimiento, pues al corregirte y permitirte que vivas las consecuencias de tus actos equivocados, te regala la valiosa oportunidad de madurar y de irte manejando de manera correcta.

Dejándote así vivir y disfrutar de los mejores resultados. Eso los convierte en hombres de verdad, comprometidos con ellos mismos y con todo lo que les rodea. Para las mujeres de mí pueblo ésta responsabilidad es personal, siendo nosotras nativas de un lugar donde la educación es tradicionalista, y el rol del hombre es únicamente el de proveedor; es a nosotras las mujeres a las que nos toca formar a nuestros hijos. Razón por la cual a pesar de mí juventud, mí ignorancia, y mi condición de pueblerina; logré ver que somos las mismas mujeres las que atentamos de ésta manera contra nuestro propio genero.

Es lamentable que después de crear éste tipo de seres inservibles, nos quejemos de lo que logramos hacer con nuestra educación permisiva, perdonadora, irresponsable y poco comprometida. Somos las mujeres las que como madres los formamos tan mal, y las mujeres las que como parejas terminamos padeciéndolos.

Sin embargo al final del camino, para éstos hombres terminar lamentando y aceptando, no haber sido corregidos a tiempo por sus madres, ya no es útil. Pues al llegar tarde la enseñanza a sus vidas, el poco tiempo que les queda por vivir ya no les permite desarrollarse como grandes seres humanos. Tristemente es mediante un terrible proceso de dolor, provocado por el abandono, la pobreza y la soledad, que algunos logran reconocer todo esto. Es hasta entonces que aparece la factura con el precio a pagar, por todo el daño que hicieron a tanta gente. Daño que a pesar de haberse generado por la inconsciencia, no los exenta de su responsabilidad. Pero se escudan diciendo con total falta de valor civil, que no era su intención hacer daño, que actuaron en nombre del amor ¡y hasta del mismo Dios!

¡¡Insensatos!! Llenaron de problemas y de dolorosas consecuencias a todos los que confiaron en ellos; hombres y mujeres que se vieron enredados y afectados por sus mentiras, por sus fraudes, por su falta de escrúpulos y su terrible proceder hacia muchos.

Pero la vida es justa y jamás le da a nadie más de lo que se merece, pues con las propias acciones vamos acumulando en el transcurso de nuestra existencia, todo lo que nos hemos ganado. El precio a pagar para éstos seres nefastos es alto. Hombres que terminan siendo despreciados por todos los que los conocen. Hombres a los que aún en la fatalidad les cuesta reconocer sus errores, y a veces tratan de victimizarse escudarse por su mal proceder; en las "injusticias". Pues con facilidad se olvidan del daño que hicieron. Cabe mencionar que el desorden es su propia condición, y solo unos cuantos reconocen abiertamente, que nada más viven las consecuencias de lo hecho con anterioridad. Para ellos todavía aparece alguna buena oportunidad y tratan de vivir un poco mejor, aceptando que a través de un cambio personal, se puede lograr. Para la mayoría manejarse deshonestamente es su forma de vivir y lo repiten con tremenda facilidad, incluso en los momentos más dolorosos de su inútil existir.

Piensan que el pago es excesivo pues crecieron con la ley de la rebaja, es decir; pago poco o nada por acciones grabes. Para ellos no estuvo mal lo que hicieron, pues según su deshonesta opinión no se actuó con dolo.

Por el contrario para quienes se pasaron la vida tratando de manejarse de la mejor manera, el pago llega en forma de beneficios tan grandes como la tranquilidad de una vida rodeada de sus seres queridos y de todas las atenciones y el amor que éstos pueden brindarles.

Yo simplemente me di la oportunidad de esperar a que Dios, o la misma Muerte, pusieran en mí vida a un hombre quien gustara de manejarse de otra manera. Más responsable y comprometido para con él y como resultado, con todo. ¿Para qué me serviría una relación parchada? Si tarde o temprano nos llevaría a ambos a sufrir lamentables consecuencias. Provocadas por el miedo a experimentar nuevas oportunidades, con personas diferentes y muy posiblemente mejores.

Los parches en las relaciones lastimadas no curan, solo cubren la herida pero terminan por caerse y ésta vuelve a sangrar dejándonos insatisfechos. Con los años lo que se consigue al permanecer en una relación destructiva, es la creación de una familia completamente disfuncional. Logrando así, que todos los que la componen sufran mucho, pues se enganchan a un círculo vicioso del que es muy difícil salir. Cosa que seguro nos hubiera pasado a Pancho y a mí. La culpa de una infidelidad, es primeramente de quién la comete, pues la otra parte puede alegar que no tenía ni la menor idea, de que esto pudiera ocurrir. Entonces si la misma persona infiel repite tan inconveniente acción, es culpa del otro, pues ya conocía su condición licenciosa y al no terminar con la desahuciada relación, da simultáneamente la disculpa y la autorización para otra falta de respeto. Aceptar que no había nada rescatable en nuestra relación, nos salvó. Seguir adelante sin el amor pero con la convicción de que valía la pena luchar; nos conduciría inevitablemente al fracaso total. Yo no aceptaría eso solo por miedo a estar sola temporalmente. La Muerte me dio el beneficio de poder analizar todo esto y yo lo comprendí. De manera que cada que Pancho se acercaba a pedir otra oportunidad, yo le hacía ver que era mala idea; que él no necesitaba una relación con alguien que lo había dejado de querer. Llegué a sugerirle que buscara a otra mujer y se enamorara. A pesar de todo él tenía derecho de una nueva oportunidad con otra persona, y yo también. Inútilmente decidió mantener la esperanza solo por verme sin pareja. Le costaba mucho creer que si hasta ése momento no había nadie en mí vida, no era por pensar en tener otra oportunidad con él, sino por estar esperando a que llegara a mí, la persona correcta. Para Pancho aceptar que se había terminado la relación de pareja fue muy duro, le tomó mucho tiempo pero lo logró y más adelante lo vi otra vez muy enamorado de alguien más.

Para mí la vida trascurría con mejores oportunidades en lo social, lo familiar, lo laboral y económico. Hasta ése momento, La Muerte había cumplido con todo lo que prometió, yo no dejaba de prenderle una velita blanca y un incienso aromático, casi siempre de sándalo que era el que más le gustaba. Una noche mientras me encontraba hincada rindiéndole adoración, puso el saber en mí mente, comenzó diciendo: - Mira Isabel, para todos era muy importante que aprendieras a salir adelante por tus propios medios, pero para ti era fundamental. Claramente veo que te has transformado en toda una mujer.

Tu corta edad no es indicativa de inmadurez. Hoy puedo decir que has avanzado dejando la niñez atrás. Ahora ya tienes el aprendizaje que te ha llevado a ser más valiente y madura. Hoy sabes a ciencia cierta lo que vales y por lo tanto sabes conscientemente lo que no quieres para tu vida. Solo te falta conocer lo que si quieres. Medita bien que me vas a pedir, yo nuevamente te daré todo lo que desees, pero no te equivoques.

No olvides lo que les dije anteriormente, todo lo que deseen, ¡todo se los daré! Pero piensen bien lo que van a pedir, pues aún si quieren hacer grave daño, los complaceré. Y como en todo lo que existe, entre nosotros también hay un importe a pagar. Si lo que quieren es bueno y para bien, se los daré sin costo, si lo que quieren es malo y para mal igual se los daré, pero aquí hay un precio y tarde o temprano les haré llegar la factura a pagar. ¡¡Hecho está!!

-Ahora debo decir que me siento muy satisfecha de haber elegido bien, cuando se me brindó la oportunidad para ayudar a una familia. El día en que naciste, me ordenaron partir con tu madre y contigo, pero al ver tu carita tan hermosa y tu almita tan pequeña pero divina. Misma que irradiaba ése brillo que para mí es muy conocido, pero que pocas veces puedo encontrar. El resplandor celestial que muy pocos seres tienen. Entonces tuve la impresión de que valía la pena dejarte en ésta vida.

 Me nació el deseo de abogar por ti. Y así más tarde pudieras llegar al otro lado con mayor experiencia, entonces me atreví y pude con todo respeto hacer mi petición. Dios que es el único que tiene el verdadero poder, basado en el amor y la esperanza, hizo una concesión contigo; regalándome a mí, por primera vez desde que existo, la gran oportunidad de aprender a través de ti. Todo lo que tú has vivido yo lo he vivido, todo lo que tú has sufrido yo lo he sufrido, todo lo que tú eres me lo has hecho ser. La experiencia que necesitábamos ambas para ser mejores seres casi rebosa. Nuevamente depende de ti, que éste ensayo concluya de manera perfecta. Es en tu corazón y no en tu mente, en donde encontraras las respuestas a todo, y en ésta ocasión no esperes ayuda de mí. Dios nos dio los beneficios de poder vivir ésta experiencia llena de sabiduría a ambas, pero solo fue por ti, por tu alma grande. Ahora la exigencia, es que confiemos únicamente en tu capacidad para elegir lo que quieres, de manera correcta.

La oportunidad de vivir éstos beneficio es ahora y nos llevaremos la sabiduría para siempre. Mi intuición me hizo reflexionar y Dios con su infinito amor, decidió dejarte en el mundo para hacerlo valer con tu presencia. Supe desde entonces de tu asombrosa facultad para hacer todo bien. Ambas sabemos que eres muy valiosa.

Estoy segura que no vas a decepcionarme con peticiones absurdas. Hoy soy yo la que te pide, que te tomes el tiempo que consideres necesario para reflexionar, respecto a todo esto que hemos hablado. No te presiones pues después de tu última petición me iré y sabrás de mí por diferentes circunstancias; pero solo tendremos nuevamente comunicación, el día que regrese por ti. Te dejaré justo como tú quieras que sea, pero te dejaré…

Fue todo lo que hablamos y después de eso parecía que ya se había marchado, pues no volvimos a tener comunicación alguna.

Como sea me quedé muy tranquila pues estaba completamente segura que ella aún estaba ahí, y mientras yo no tomara una decisión respecto a lo que realmente quería, no se iría. Mi experiencia con La Muerte me decía que cumpliría lo hablado, pues siempre lo había hecho. Conseguí estar en calma y seguir mi vida sin pensar en eso. El momento de tomar decisiones llegaría a su tiempo, no antes ni después. Lo más importante era, que ya tenía el conocimiento de cómo debía manejarme, así es que basado en esto, decidí empezar haciendo un proyecto de vida. Después de platicar respecto a lo afortunadas que éramos gracias a la presencia de La Muerte, Felipa y yo decidimos hacer otra excursión. Ahora iríamos a un safari en África, los animales en general nos gustaban mucho a las dos. Verlos en su hábitat natural era una de las cosas que más queríamos hacer. Anteriormente solo pensar en la posibilidad de realizar un viaje como éste, era prácticamente inalcanzable. Hablamos con mi padre para que se encargara de apoyarnos con todo lo necesario y así poder irnos lo más pronto que se pudiera. Después de varios días Margarita la secretaria de mí padre, se comunicó con nosotras para decirnos, que ya estaba todo arreglado. Nuevamente hicimos maletas, la vida nos sonreía y ambas lo disfrutábamos al máximo. ¿Qué podíamos desear que hasta ése momento no hubiéramos tenido? Sabiendo que La

Muerte continuaba de alguna manera junto a nosotras, volvimos a prender una vela blanca y un incienso, para reverenciarla y agradecerle. Luego de esto estábamos listas para hacer el viaje que tanto deseábamos, y así poder volver con bien a nuestro hogar. El día que salimos hacia la ciudad para reunirnos en el aeropuerto, con las personas que irían con nosotras, en ésta nueva excursión. Nos encontramos un grupo de mariposas revoloteando entre unos rosales, los teníamos sembrados en el jardín que daba a la entrada de la casa. Estaban llenos de rosas de todos colores y algunas de ellas ya habían abierto dejando ver toda su hermosura.

Otras aún eran botones, pero el olor que despedían éstas y la escena con las mariposas; era sencillamente ¡fascinantes! Y al igual que con los peces don Ramiro quién se prestó a llevarnos, nuevamente dijo: -¡Miren niñas, pidan un deseo es de buena suerte encontrarse con mariposas, cuando se va a salir de viaje! ¡Pidan, pidan que ése momento es ahora! Yo me quedé pensativa unos segundos, empecé a sentir dudas de lo que don Ramiro decía, pero por si a caso pedí que nos fuera muy bien.

Me dio mucha alegría ver que Felipa con total inocencia, inclusive cerró sus ojitos para pedir su deseo, supuse por ésa acción que lo hacía con verdadera devoción. Vi que su almita era tan noble y dulce como la mía, sonreí alegre por esto y finalmente nos fuimos.

El recorrido que hicimos fue largo pero muy educativo, conocimos las planicies del Serengueti en Tanzania, las montañas selváticas de parque nacional de Ruanda y ahí pudimos ver leones, elefantes, búfalos, gorilas, hipopótamos, jirafas. En Botswana conocimos el río Okavango, nos explicaron que estando éste en el desierto, no logra desembocar en el mar, pues primero forma el delta más famoso del mundo y luego se va perdiendo entre la arena. Ahí pudimos ver también cocodrilos.

Ése recorrido lo hicimos en avioneta y nunca vi tan nerviosa a Felipa, creo que lo que más le interesaba era que ya aterrizáramos. Conocimos también los dos parques que están al norte de Botswana, Moremi y Chobe, éstos reúnen la población de elefantes más grande del mundo, nos dijeron que ésta podía ser mayor a los 60,000 mil ejemplares, y a decir verdad, a mí me parecieron pocos. Ahí instalamos un campamento provisional a la orilla de un río. En días no vimos a nadie más que a los que íbamos en la excursión. Nos llenamos de emoción al darnos cuenta que a pesar de no conocernos realmente, los guías apreciaban que estuviéramos ahí. Lo único que había en el lugar era vida salvaje. Para nosotras esto era casi como estar metidas en un documental. Logramos hacer conexiones con otras excursiones para así poder conocer lo más posible.

Estuvimos en Kruger Sudáfrica, el paisaje es más espectacular en la sabana, pero logramos ver a los famosos cinco grandes; leones, leopardos, búfalos, elefantes y rinocerontes.   Norongoro en Tanzania tiene el panorama más fastuoso de todos los lugares que visitamos, y ahí también vimos todo tipo de fauna africana, menos jirafas. Visitamos Kenia, Namibia, Uganda y en todos lados disfrutamos de la belleza del paisaje. Pero lo mejor fue poder ver en su propio hábitat y en total libertad, a todos éstos animales. Antílopes, felinos, rinocerontes, elefantes, bueno de todo. Los que llamaron mi atención fueron, los guepardos pues considero que además de ser los más rápidos del mundo, también son los más bellos. Los gorilas y los elefantes me gustaron también, pero éstos últimos me interesaron mucho más, debido a la gran importancia que le dan a la familia y porque son dirigidos por una hembra, la matriarca.

Es de la inteligencia y la experiencia de ella, que depende toda la familia para sobrevivir en éste hermoso pero duro lugar. Finalmente llegó el día en que teníamos que volver a casa, mientras desayunábamos, un empleado del hotel nos hizo un comentario en un español terrible. Dijo que a quienes gustábamos de realizar éste tipo de excursiones; los lugareños nos respetaban mucho. Trató de explicar que las gentes, que no tienen aprecio por la vida de los animales; no son buenas personas. Hizo énfasis en que por muy amables, educados y fiables que parezcan, en el fondo no lo son.

Finalizó diciendo, que había sido un placer atendernos y que lo volvería a hacer con gusto, si decidíamos regresar. Y todos quedamos muy agradecidos. Recordar que lo que ahora vivíamos era un inmerecido regalo por parte de La Muerte, me provocó cerrar los ojos un momento y quise dar gracias desde el fondo de mi alma, pero de manera intima. Más en ése instante algo me empujó a hacerlo públicamente, así es que me puse de pie y dije: - Se que no todos tenemos el mismo credo, pero aquí estamos personas que hemos disfrutado juntas, de todo lo que representó éste maravilloso viaje. El día en que nos conocimos no teníamos idea de lo que nos esperaba. Quiero darles las gracias en nuestro nombre a todos ustedes, pues al convivir juntos hemos hecho que el cariño y el respeto se manifiesten, como la base del éxito de la excursión. Gracias al espíritu que nos cuida y a ustedes por su amabilidad. Felipa se puso de pie y sin planearlo; nos retiramos.

Finalmente decidimos salir a echar un último vistazo antes de dejar el hotel. Apenas cruzamos la calle cuando de repente Felipa por accidente, pisó excremento de perro. Primero dijo muy molesta: -¡Ay no... ya me embarre de mierda! Pero enseguida pude ver como cerró sus ojitos, y al mismo tiempo me dijo: -¡Rápido pide un deseo, es de buena suerte pisar caca de perro! ¿Y tú de dónde sacaste eso? -Dije incrédula. Y sin ningún problema respondió: -Me lo dijo don Ramiro en una ocasión en la que tuve un accidente como éste. Yo solté una carcajada y como pude le pedí que regresáramos al hotel, para que se limpiara y que no le creyera nada a don Ramiro, pues para él todo era de buena suerte.

Al regresar a mí pueblo me di tiempo para salir a las calles y pude observar lo hermoso que era. Por primera vez me dediqué a la tarea de conocer como surgió y quienes lo habitaron, logrando hacer de éste pueblito un lugar maravilloso.

¡Primoroso sitio colonial! Con sus calles empedradas, su iglesia estilo barroco mexicano del siglo XVII, decorada con piedras de diferentes colores y yeso.

Con sus cúpulas elevadas sobre un tambor octagonal, recubierto con gran riqueza ornamental y torres que se alzan osadas y esbeltas, para proteger ahí, donde es necesario proporcionar fuerza y estabilidad.

En ésta se encuentran manuscritos con toda la historia del lugar y han sido los párrocos, quienes se han encargado por generaciones, de atesorarlos celosamente. Aprecié la belleza de la plaza central y su kiosco, que aunque pequeño, guardaba las más exquisitas historias de amor. Mismas que habían surgido justo ahí, a través de todo éste tiempo. En mí pueblo todavía se acostumbra que los solteros, se conozcan caminando en círculos alrededor del kiosco, los hombres en un sentido con una rosa roja en la mano y las mujeres en sentido contrario. (Es una de las actividades que considero muy románticas y significativa; desafortunadamente se han ido perdiendo en muchos pueblitos dentro del país).

Luego el hombre le ofrece la rosa a la mujer que le pareció atractiva y si ésta la acepta, dejan de caminar y se sientan a platicar en una de las finas bancas fabricadas con hierro forjado. También se encuentran colocados en diferentes puntos, grandes macetones de barro pintados de rojo vivo, presumiendo primorosas buganvilias de diferentes matices. ¡Dando todo un espectáculo multicolor! Por las noches alumbran el sitio elegantes faroles, invitando a romancear, incluso al más frio de los seres. Recientemente remodelaron y pusieron del lado norte, una hermosa fuente estilo barroco. Algunas luces de colores prenden y apagan simultáneamente con el sube y baja del agua, salpicando de gracia y buena fortuna a los que se acercan para curiosear. No faltan aquellos que se aproximan con la intención de pedir un deseo y lanzan una moneda al agua, seguros de que en algún momento en el futuro, su deseo se hará realidad. Cabe mencionar que dentro del período de gobierno que presidía mi padre, se hicieron muchas mejoras.

La limpieza de todo el poblado era impresionante, las personas se habían concientizado de la importancia de esto, a través de las generaciones. Pude recordar aquello que decía mi abuela: "La mejor tarjeta de presentación, es una calle limpia."

Las casas blancas con sus techos de teja roja, daban armoniosa belleza al lugar. Y por si fuera poco, la vegetación aunque no muy abundante ¡le daba vida!

Mi padre gracias a muchas de éstas cosas y a los amigos que había ganado, a través de las buenas relaciones con personas metidas en el gobierno; mismas que se encargaban de ocupar cargos muy importantes. Se vieron favorecidos, al postularse éste para Gobernador. ¡Ahora él era el candidato! Nuevamente él y su equipo de trabajo, recorrerían con la campaña, otro año de dura labor de convencimiento. Y como finalmente recibió todo el apoyo del partido de la república, un año después de iniciada su campaña, se convirtió en el hombre más importante de todo el estado. ¡El Gobernador! Yo me sentía cada vez más orgullosa de él. Supongo que la gente lo amaba y respetaba pues pronto una de las avenidas más importantes de la capital del estado, terminó llevando su nombre y en la plaza principal se colocó un busto de su persona.

También supuse que en todos sus negocios le estaría yendo fenomenal, pues el dinero llegaba a nuestra familia a manos llenas. Lo que me dio mucho gusto, pues muchas de las inversiones estaban a mí nombre o al de alguno de los nuestros.

Al parecer La Muerte no dejaba de velar por nosotros y nuestros intereses, pues a pesar de no haber vuelto a tener comunicación con ella, todo marchaba de manera espectacular para cada uno de los miembros de nuestra consolidada familia. Agradecerle en todo momento por los beneficios adquiridos, me daba la seguridad de seguir viendo realizados todos mis deseos.

Recordé el día en que ella hizo mención al hecho de que seríamos una familia inmortalizada por la historia, perpetuada a través de todas las generaciones. Y yo sabía que así sería pues lo que hoy decía, en breve lo hacía notar dándole cumpliendo.

Ya estaba escrito el nombre de mi padre en una calle; él perpetuado en un busto en la plaza central, y en la historia. Pero algo me decía que esto no era suficiente, pues lo que La Muerte me había dejado ver aquel día, era mucho más. Por alguna inexplicable razón lo comprendí, supe entonces que llegarían varias sorpresas y el anhelo por saber más, se introdujo en mí profundamente. Luego sentí temor y preferí armarme de paciencia. Dicen los que saben que nada es antes ni después, todo llega en el momento y por las razones precisas. Y de ésta misma forma todo iba a llegar, solo tenía que saberlo esperar. Por lo que sin hacer comentarios con nadie, continúe con mí vida despreocupadamente.

En algún momento cuando mi padre estuvo un rato tranquilo en la casa, lo pude ver a solas y platicamos de todo el proceso para llegar a ser Gobernador.

Vino a mí mente aquella historia del padre de mí abuela y no sé porque le dije que creía que él era la reencarnación de ése hombre. Dije que pensaba que eso de la política lo traía en la sangre. Me sentí satisfecha al creer que a través de la labor que hacía mi padre, el espíritu de su abuelo, podía vivir sus anhelos de colaborar de alguna manera con el país.

El tiempo se convierte en el señor justicia en todas la situaciones. La necesidad de hacer pagar a las personas que dañan, es un sentimiento natural. La justicia y la venganza no comparten la misma raíz. Le venganza tiene sus raíces profundamente arraigadas en el odio. A la justicia la sujetan las raíces del dolor, pero también de la esperanza. Es precisamente la esperanza lo que nos encamina al perdón. Yo no sabía si mi padre o algún miembro, de quienes yo consideraba mí familia, serían llevados por alguno de éstos caminos. Personalmente sabía que la justicia en cuanto a mí, era real. Y que la venganza era algo que yo trataría de evitar a toda costa, pues comprendí que todos somos dueños de tomar buenas o malas decisiones. El derecho sin obligaciones no existe. Basado en ése principio vi que la libertad nos da el derecho a decidir.

Pero trae de la mano la obligación de vivir las consecuencias de nuestros actos. En cualquier caso, la justicia llega a su tiempo inevitablemente a la vida de todos.

Al término de la conversación con mi padre y después de analizar todo esto sin ninguna aparente razón, tuve el presentimiento de que no sabía todo respecto a él. Un terrible escalofrío recorrió todo mí cuerpo. Fue la primera ocasión que no me gustó lo que él me hizo sentir. El miedo se hizo presente en mí de una manera completamente fría, desoladora. Mi corazón se detuvo por un instante y preferí dejar de pensar en eso, pues pude percibir por primera vez, el verdadero roce de La Muerte.

Era siniestro, la maldad en toda su grandeza apuntando directamente hacia mí padre. Y hasta entonces pude preguntarme, qué era lo que estaba haciendo para que yo me conectara con el sepulcral dolor. Apareció el infierno en mí mente y luego la angustia derivada de la condenación se apoderó de mí. Yo no sabía nada de lo que él hacía, pero al mismo tiempo de forma totalmente inexplicable lo supe todo. No pude hablar de esto con nadie, y traté de actuar con total indiferencia, pero algo ya había cambiado dentro de mí. Nunca volví a sentir la misma confianza hacia mí padre. Varios días al acostarme y al levantarme, trataba de reflexionar respecto a qué podía hacer yo, para cambiar todo lo que vi venir. Sin embargo me encontraba en una posición difícil. La Muerte me dejó al margen de todo. Vi que a partir de ése momento, él y yo viviríamos el resto de nuestros días de manera paralela. Las sensaciones que me recorrían eran contradictorias. El nacimiento de una forma distinta de amar llegó y crecería igual que crece todo en la vida. No alcanzaba a comprender en su totalidad por qué sentía que él que nos ponía en grave peligro, pero aunque el cariño que le tenía ahora era diferente, nunca deje que amarlo. Tristemente la desconfianza llegó para quedarse y nunca más nuestra relación volvió a ser la misma. El amor que antes nos unía, ahora nos separaba...

El domingo llegó con una lluviecita de ésas que parece poquita, pero que sabe mojar. El hecho de viajar, nos había alejado momentáneamente de la iglesia. Aquella mañana nos levantamos muy temprano y nos alistamos para retomar la rutina. A pesar de que ya nada era tan divertido como antes, después de desayunar nos fuimos a escuchar misa, que buena falta nos hacía. Al llegar el cura y los que ya se encontraban presentes, nos miraron extrañados. Como cada que ocurrían ésas cosas, Felipa y yo nos desentendíamos del hecho. Pronto la iglesia se había llenado de devotos. Las dos pusimos mucha atención a todo lo que el cura decía.

Al terminar esperamos un poco y con señales animamos a la mayoría de la gente, que se congregaban cada domingo, a que salieran antes que nosotras. Ya despejada la salida, caminamos por el pasillo que llevaba a la calle principal, que hermoso era. Como cada año estaban por celebrarse las fiestas de santo patrono del lugar.

La decoración hecha con flores naturales, le daba a éste, un exquisito toque primaveral. Yo caminaba completamente distraída, entre los pocos que aún trataban de salir de la iglesia. Cuando de repente sentí un ligero codazo por parte de Felipa, y entonces vi prácticamente encima de mí, al muchacho de los ojos verdes que me había mandado, aquella bolsita de papel estraza con el letrerito dentro, diciendo que me mandaba un ósculo. Me detuvo con un saludo muy afectuoso haciendo parecer, que nos hubiéramos tratado de toda la vida. Yo sin tener tiempo para pensar en cómo debía reaccionar, correspondí al saludo con la misma euforia. Felipa nos miraba ¡atónita! Y de inmediato preguntó: -¿Ya se conocen, desde cuándo? Entonces él sonrió y extendiendo la mano para presentarse dijo: - Mi nombre es Ruperto y si ustedes me lo permiten, me gustaría poder acompañarlas a donde sea que se dirijan. ¡Él me gustó, me gustó mucho! Y su actitud también. Sin más acepté que fuera con nosotras y empezara a cortejarme.

Como caído del cielo, se apareció Benito en el camino y después de saludar, se llevó a Felipa con él. Ruperto me dejó en la casa y prometió volver por la noche. Regresó a mí vida ése sentimiento que hace que traigas una sonrisa de boba todo el día, ¡Que rico! No lo busque, ni me lo esperaba pero llegó ¡y me gustó mucho!

Al amanecer sentí la presencia de Felipa en mí recamara. Ésta entro con tremendo escándalo, haciendo chocar un par de tapas de peltre, de viejas ollas que ya había ido a sacar de la cocina. Y con armoniosos tonos de su voz y silbidos, tarareaba y bailaba al ritmo cumbiambero de la más reciente de de sus improvisadas canciones: -"Despierta, hoy es lunes de Chuchitas Cuereras y Sexo, despierta y platícamelo todo, despierta".

¡Imposible molestarme, Felipa en todos los momentos era tremendo espectáculo! Como pude me levanté pidiéndole que primero arregláramos todo el desorden que teníamos, por no haber hecho nada el fin de semana y que durante el desayuno, le platicaría con calmita, pero que en realidad no había mucho que decir. ¡El chisme era adictivo entre nosotras! Fue tan grande su curiosidad, que terminó muy rápido de hacer sus cosas y cuando me di cuenta, ya estaba instaladísima en la cocina.

Se acomodó el cabello terminando de trenzarlo, en seguida se lavó las manos, tomo una toallita para secárselas y se sentó muy calladita, esperando que yo empezara con la narración de los hechos. Ella seguía todos mis movimientos con ése par de ojitos traviesos, y con un tenedor que yo había puesto para poder desayunar, golpeteaba impaciente. Yo intencionalmente y solo para divertirme un poco, daba tiempo. De pronto no aguantó más y preguntó: -¿Y bien? Yo contesté a su pregunta con una sonrisa y un levantamiento de hombros, y desesperada por tener respuestas concretas, en un tono más enérgico nuevamente preguntó: -¡¿Cómo no sabes?! ¡Ya dime! ¡¿Qué paso, qué te dijo?! Me sentí un poco divertida por su actitud.

Pero finalmente le platiqué lo que había pasado, mientras le servía el desayuno y café calientito. Por lo que nuevamente preguntó: - ¿Y eso fue todo? Asentí con un movimiento de cabeza y una resignada sonrisa. ¡Y otra vez Felipa al ataque! -¡¿No hizo nada?! ¡Qué idiota es! ¡Yo hubiera aprovechado que no estaba nadie en la casa, para encerrarme contigo y hacerte el amor por horas! ¡Ay amiga, creo que éste te resultó lentito! ¡¿Ahora qué harás para quitárselo?! ¡A ver qué se te ocurre! Y ambas soltamos las carcajadas.

Después del encuentro con Ruperto, yo era la felicidad personificada; en todo lo que hacía se reflejaba el amor. Hacía mucho tiempo que en ésa casa no se escuchaba música, solo las canciones que Felipa improvisaba ocasionalmente. Me mostraba muy alegre en lo que hacía. Podía notarlo al ver la satisfactoria sonrisa de Felipa. Sentí una necesidad inexplicable de cantar y bailar, así es que fui directo al abandonado cajón en donde guardaba mis discos.

De inmediato saqué uno de aquel grupo sesentero, Creedence; y puse la canción que más me gusta en la vida, "Have you ever seen the rain." Anteriormente ésta solo me gustaba mucho, ahora traía a mis pensamientos a Ruperto. En cuanto empezó a sonar la música, como por inercia comenzamos a bailar y cantar en un idioma que ni nosotras entendíamos, ¡pero que por supuesto no era inglés! Eso nos provocó mucha risa y nos motivó a seguir adelante con más ímpetu. ¡Qué feliz era, por primera vez me sentí verdaderamente enamorada! Felipa me veía tan contenta que hacía todo para que esto tan maravilloso se me diera con más ganas. Así cantando y bailando pasamos todo el día, la mejor canción de Creedence la repetí varias veces hasta que nos hartamos y entonces pusimos otros grupos. En un momento de tranquilidad le comenté a Felipa como me sentía, y después de abrazarnos me respondió; te lo mereces amiga, te lo mereces. Disfrútalo mucho y haz lo que sea necesario, para que esto que tanto te gusta se alargue.

El día que en mi padre me dijo que tendría que mudarse a la capital del estado, y preguntó si nosotras queríamos irnos con él. No me gustó mucho saber que lo veríamos muy poco, pero menos me gustó pensar en la posibilidad de dejar mí casa. La vida en el pueblo definitivamente estaba hecha para mí, por lo que no acepté su propuesta de mudarnos con él. Con el tiempo pude darme cuenta que para él también era mejor que viviéramos separados, pues no volvió a insistir en que lo hiciéramos juntos.

La convivencia con mi padre prácticamente se hizo nula. Estaba tan involucrado en asuntos que solo él conocía, que prácticamente se olvidó de mí. Sin embargo no me pesó mucho darme cuenta de todo esto, pues así como él estaba metido en lo suyo, yo estaba metida en lo mío. Por ésa razón, no nos dimos cuenta cómo se fueron dando las cosas, pero desafortunadamente en un momento dado, estábamos tan lejos uno del otro, que ya no hubo nada que hacer y el abandono emocional, inevitablemente llegó.

Sentirme enamorada era lo mío. Estaba convencida que era el estado ideal y Ruperto se encargaba que el amor creciera todos los días. Él llegaba y desde ése momento, prácticamente robaba mi atención en todo. Felipa, quien sabía cuándo él aparecería, procuraba dejarnos solos, ya sea por que llegaba Benito o porque se inventaba algo que hacer. Ella decía que el onceavo mandamiento es no estorbar y aunque me parecía gracioso, estaba totalmente de acuerdo. Para nosotros ésa privacidad, nos daba la oportunidad de conocernos más profundamente. Platicábamos de muchas cosas, pero hacíamos intervalos para querernos. Él se acercaba a mí y me daba un pequeño besito, luego posaba suavemente sus manos sobre mí cara y me volvía a besar con ternura. Yo lo atendía invitándole cosas, que con anterioridad había preparado pensando solo en él. Después de un rato de disfrutar de esto juntos, se levantaba de la silla y me daba la mano para que me levantara yo también y lo acompañara a la salida, era ése el momento en que él me daba un ligero jaloncito y me acercaba más a su cuerpo. Me besaba con pasión y sus brazos temblorosos me recorrían toda, yo reaccionaba con mucha fogosidad. No entendía si siempre había sido así o si esto solo lo motivaba el momento de amor y pasión tan profundo. Ruperto dejaba que yo disfrutara mucho, todo mi cuerpo se movía involuntariamente, él se mantenía muy pegadito a mí con movimientos como los míos. Lugo continuaba besándome y brindándome todo el placer. Podía sentir su excitación ¡en todo! Más de pronto me retiraba con mucha suavidad diciéndome: -Ya mi amor detente, que otra vez me vas a mandar con dolor a mí casa. Casi obligado me apartaba un poco para que yo parara. ¡Cómo me costaba contenerme a mí! Él hacía lo posible por frenarme, pero yo me le volvía a pegar e iniciaba de nuevo con todas mis ganas. Para Ruperto detenerme era muy difícil pues realmente también él quería seguir, pero ya sabía que llegado el momento preciso yo pararía, sin aceptar más. Y así con el corazón latiendo a todo lo que da y con la respiración agitada, obedecía. Finalmente me daba otro besito y con más ganas de quedarse que de irse, se marchaba. Yo me quedaba mucho rato pensando solo en él, daba un repaso a ésos momentos donde podíamos desconectar el pensar del sentir, y sin darme cuenta me quedaba dormida. Pero al día siguiente repetíamos lo mismo. ¡Qué feliz era, cuanto amor nos podíamos dar! Felipa no preguntaba lo que era obvio, se mantenía en la línea del respeto, hasta el día en que sin pensarlo más, mientras desayunábamos y platicábamos de las tonterías de don Ramiro y de cómo lo extrañábamos; directamente le pregunté: -¿Tú sabes por qué le duele a Ruperto cuando me deja de amar? - ¿Cuándo le duele, qué? Respondió, no sé -dije; el siempre me dice que ya le pare porque lo voy a mandar otra vez con el dolor. ¿De qué estará hablando? Yo he tenido ganas de preguntarle, pero me da pena que piense que soy estúpida, pues pregunto de todo. Ella mirándome fijamente respondió: -¡Ay amiga, estúpida no, inocente si! ¿Cómo te explico?... Mira -dijo-te lo haré entender lo más fácil que pueda.

El se excita mucho y al no poder tenerte, le da un dolor muy parecido al que nos da a nosotras con la menstruación. Y solo se le quita si se ayuda solito o con un poco de tiempo. Espero que me hayas entendido pero si no es así, te sugiero que trates de no excitarlo tanto, pobre...

Después de ése día comprendí que mientras yo no estuviera tan segura de querer hacer el amor con él, me mantendría más calmada. Claro que el problema se redujo, pero solo los primeros días y después volvimos a lo mismo. Así que luego de hacerle una visita a don Jacinto, para que me ayudara con esto de los anticonceptivos, decidí hablar con Ruperto. Esperé a que llegara y le pedí que saliéramos a tomarnos un café a algún lugarcito cerca de la casa. Él se daba cuenta que algo pasaba y varias veces preguntó, si estaba bien. Yo le decía que si, pero como seguía pensando en cómo decirle lo que ocurría, mí actitud seguía pareciéndole sospechosa. Así que me armé de valor y le pedí abiertamente que hiciéramos el amor. Dije que no quería entregarle a nadie más mí primera vez, que no podía imaginarme en los brazos de otro hombre.

De pronto ya no platicábamos de nada, no supo que decir y luego de unos minutos me tomó de las manos y me dijo: -No vamos a forzar nada, esperaremos a que nos gane el amor. Beso mis manos y seguimos platicando.

Con el paso de los meses, las personas del lugar se fueron enterando de mí relación con Ruperto, y por supuesto Pancho también. Su reacción me pareció fuera de lugar pero Felipa opinaba que era lógica. Ella sabía muchas cosas, unas porque las vivía y otras porque tenía unas tías primas de su mamá, quienes ya eran mayores y hablaban mucho con ella, explicándole todo lo que necesitaba saber.

En alguna ocasión quiso que fuéramos a hablar con sus tías, pero a mí me daba mucha vergüenza comentar mis cosas con alguien más. Solo con Felipa sentía la confianza, así es que me quedaba contenta con las explicaciones de ella. Pero además parecía que a ésta le gustaba hacer el papel de consejera, pues en cuanto yo preguntaba algo, se soltaba dándome tremenda cátedra.

Yo sabía que hacíamos un gran equipo y no ponía en tela de juicio, nada de lo que Felipa decía; si lo creía ella, era cierto ¡y punto!

Pancho era quien se sentía ofendido; qué actitud más extraña. Me había engañado con la Chata, tenía una relación aparentemente buena y peleaba conmigo, como si yo le perteneciera. No lo comprendía, llegué a considerar que estaba enfermo de su mente, pues no existía razón alguna, para que se sintiera tan celoso. La primera vez que nos encontramos como por casualidad, yo salía de la tienda de doña Lupe, me incomodó que me detuviera para preguntarme algunas cosas delante de ésta.

Ya que todos sabíamos el placer que a ella le causaba enterarse de todo, para después hacer comentarios con cualquiera que entrara a su negocio.

Me dio la impresión de que me había estado vigilando, pues en cuanto me vio salir de la tienda, bajó de su auto y sujetándome del brazo me indicó: -¡Súbete! - ¿Qué haces? Dije yo. Y respondió muy enojado: -¡Súbete, te llevo a tu casa y así me vas explicando eso que andan diciendo, que tú y el tal Ruperto son novios! - ¡¿Qué te explique?! ¡No, tú y yo no somos nada, anda a pedirle explicaciones a tu mujer! Vi como la molestia se reflejaba en su rostro, lo conocía bien y supe que no estaba bromeando. Entonces me subí al carro y le dije: -Llévame a mi casa y ahí platicamos, nos está viendo doña Lupe y no quiero chismes. Llegamos a la casa y le permití pasar para exigirle que se mantuviera lejos de nosotros, pero eso pareció darle poder, pues entonces quiso tratarme como si yo tuviera la obligación, de hacerle caso en todo lo que él mandara. Dijo cosas tales como; que yo tenía que dejarme de hacer la graciosa con eso del noviecito, que entre nosotros no se había terminado nada y que solo nos estábamos dando un tiempo para que yo me tranquilizara. Dijo que mi padre estaba de acuerdo en que nuestra relación continuara y que ya habían hablado del matrimonio. Yo permanecí callada para poder escuchar atentamente, qué era con exactitud lo que traía en la mente. Quería estar segura de saber, cuáles eran sus verdaderas intenciones. Al principio sentí un miedo aterrador, justo como me sentía con las acciones de la Chata, creí estar muy vulnerable, pero enseguida me brincó del alma ¡el coraje! Ésa rabia que termina por transformarse en valor, y entonces pude decirle algunas cosas que jamás creí que mencionaría. Empecé por entender que si yo seguía nombrando a la Chata, le daba presencia en nuestras vidas; así es que nunca más la llamé por su nombre, pues sabía que de ésta manera la exentaría de valor, ¡si acaso aún tenía alguno! Pero si no era así, ¡yo no la haría valer por ningún motivo! Entonces llegó a mí, la transformación que da le experiencia y que todos conocemos como ¡madurez!

Por alguna razón entendí que era ahora o nunca, y lo enfrenté con valor. Ése valor que brota del cambió que se generó a través del dolor y que lleva a la razón. ¡¿Qué te pasa?! Dije- ¡Eres patético! ¡Yo no soy nada tuyo, entre nosotros se acabó todo cuando tú decidiste relacionarte con otra persona, yo te quise y no lo valoraste! ¡Perdiste el respeto no solo por nuestra relación, sino por todo! ¡Te di mi corazón y lo pusiste debajo de tus pies, para luego pisotearlo peor que basura, y no te importó si dolía! ¡Y ahora que el amor se fue a no sé dónde y al hacerlo volvió a mí la sensatez; vienes a mí vida y quieres instalarte de nuevo! ¡Tratas de hacer valer el amor que se acabó, incluso antes de que terminara la relación! ¡Pretendes controlarme creyendo que me intimidas! ¡Piensas que soy la misma idiota, frágil y temerosa de antes! ¡Deja subestimarme pues tu actitud me ofende! ¡La felicidad en tu vida no llegará a través de mí! ¡Yo no tengo la culpa de lo que pasa en tu mente y con tus emociones enfermas!

¡Hoy si quieres ser feliz, depende únicamente de ti, del la calidad de tus anhelos, de los pensamientos que generes y de la fuerza con la que decidas realizarlos! ¡Yo no soy responsable de darte nada; tú y solo tú, eres quien corta y confecciona tu vida! ¡Decide si permanecerás anclado a lo inexistente, o te darás la oportunidad de perseguir tus sueños! ¡Pero ya no te confundas; yo hace mucho tiempo dejé de estar ahí, respétalo! ¡Y ahora vete, vete ya!

Su rostro cambió, parecía muy descontrolado, supongo que no supo qué hacer o decir pues solo se dio media vuelta y se fue...

Pancho al verme enamorada de otro hombre, se volvió a sujetar a sus apegos y éstos lo volvieron incapaz de renunciar a la posibilidad de manipularme. Hacerlo que entendiera que él no estaba enamorado de mí y que por su bien debía de cambiar sus expectativas, no era tarea mía. Por lo que solo pude desear, que le llegaran las bendiciones que él necesitaba para superarlo todo.

De cualquier manera tuve que pasar por varios ratos similares, pues para él aceptar que yo no lo quería de regreso en mí vida, fue sumamente difícil. Sin embargo a mí me salvaba el tener muy claro que eso no era amor, solo enfermedad. Su mente y su alma estaban perturbadas, por haber perdido el control que pensó tener sobre mí persona.

La madurez me daba la estima necesaria para no depender de nadie. Hoy no me engancharía a ninguna persona, al tratar de hacerlos responsables de mí vida. Pensé mucho en la forma en la que se conducen las familias de los elefantes. Recordé lo afortunada que era la matriarca al ser reconocida por toda la manada, y entonces comprendí que era un lugar que se gana con la fuerza del carácter y con inteligencia.

La Muerte no había aparecido nuevamente en mis pensamientos, pero por extraño que pareciera yo sabía que estaba presente y lo agradecí. Ésta vez encendí varias velas blancas e inciensos, mismos que distribuí por toda la casa. Y entonces me nació la idea de darme por varios días, unos baños especiales para hacer que mi presencia fuera más atractiva, haciéndome notar esplendorosa, frente a toda la gente que a partir de ése día, se cruzara en mí camino. Le pedí a Felipa que hiciera lo mismo y sin preguntar accedió. Hicimos un preparado con pétalos de rosas rojas y blancas, también pusimos miel de abeja y canela para que en nuestra persona, el olor fuera agradable y el sabor dulce. Con ésta pócima nos bañaríamos por siete días.

Los meses pasaron y nuestras vidas eran formidables. Pero inclusive las plantas necesitan de la lluvia para exhibir el amor que brota de su belleza, del sol y el aire para florecer y así poder mostrarse ¡majestuosas! De ésta misma forma para Felipa había llegado el momento de retoñar.

Esperó a que llegara el domingo y saliendo de misa, para no dejar en el olvido nuestra ya tradicional forma de comunicarnos, me dijo: - Mañana es lunes de Chuchitas Cuereras y Sexo, ¿lo recuerdas? Claro –respondí- ¿Hay algo que yo no sepa y me quieras platicar? Yo conocía muy bien a Felipa y pude notar que sonrió de una forma muy especial.

Luego dijo: -Esperaremos, te lo diré en el almuerzo. ¿Qué te parece si vamos a comprar todo lo que necesitamos para preparar unos tamales y eso desayunamos mañana? Dejándome llena de curiosidad, nos fuimos a la tienda de doña Lupe, quien sabiendo que no me gustaban los chismes, nos despachó sin comentarios.

Yo sabía que la oportunidad de hacer una última petición a La Muerte era para las dos. Ambas le habíamos brindado el amor y la confianza. Conocíamos la forma en que ésta se manejaba, si había dicho que pensáramos muy bien lo que pediríamos, era porque no daría prorrogas. Solo una última vez para pedir, después todo dependería de nosotras; ¡únicamente de nosotras!

Teniendo claro lo importante de tomar la mejor decisión, me di cuenta que Felipa ya había tenido comunicación con ella y seguramente ésta le concedería su deseo como obsequio de despedida. Para Felipa la relación con La muerte había llegado a su fin. Por el contrario yo todavía tenía en mis manos una última petición, aún no había decidido que pedir. Tenía en mente algunas cosas, pero el día que estuviera segura de lo que pediría lo haría reverenciándola, prendiendo una vela blanca y un incienso con aroma de sándalo que era el que más le gustaba. Finalmente dedicamos el resto del día a la preparación de los tamales y platicamos mucho rato. Como siempre, metidas en la cocina y con un café bien calientito, recordamos cosas del pasado, algunas muy divertidas y nos reímos otra vez. Nos dieron casi las diez de la noche y un poco cansadas, nos retiramos a descansar. Yo no quise que se notara mí inquietud, así que decidí no hacer mención a lo próximo que estaba, el famosísimo lunes de Chuchitas Cuereras y Sexo.

Muy temprano me levanté y vi que la luz de la cocina estaba encendida, deduje que Felipa ya se encontraba ahí, inquieta también por platicármelo todo. No quise entretenerme en arreglar nada, salí corriendo a la cocina, ¡me mataba la curiosidad! Sin disimulo entré dando saltitos y cantando una de sus pegajosas e improvisadas canciones. "Platícamelo todo, hoy es lunes de Chuchitas Cuereras y Sexo, platícamelo todo." Y como eso de componer canciones, a Felipa se le daba fácilmente. Ella siguió: -"Me caso, me pidieron matrimonio, me caso, me pidieron matrimonio." En ése momento dimos término a la cantada y comenzó la gritadera. ¡El alboroto que armamos; brincos, gritos, abrazos! Y finalmente lagrimas; lagrimas de emoción. La Muerte la recompensaba de manera fabulosa. Felipa se había entregado a todos los que la conocieron, de la misma amorosa manera.

Su vida no había sido fácil, desde muy pequeña le tocó ser parte del sostén económico de su familia, y se las arreglaba para ser y hacer felices a todos. Su infancia y adolescencia se llenó de sacrificios, pero finalmente todos fueron recompensados con la llegada de Benito a su vida, mi padre y don Ramiro le enseñaron a ser hombre trabajador y responsable. Ahora él estaba en posición de darle a ella la vida que tanto había soñado. Ambas pensábamos que La Muerte ya había arreglado todo, para que su vida al lado de Benito fuera maravillosa, ¡siempre! Después de platicarme los detalles de todo su compromiso, me pidió que le ayudara con los preparativos de la boda.

El tiempo y la vida son hermanos, ninguno de los dos camina para atrás, lo que nos esperaba en el futuro a cada uno de nosotros ya estaba resuelto. Cimentamos lo venidero con firmeza, más no siempre con sabiduría. Fue a través de nuestras decisiones que nos fuimos edificando y éstas tienen dos manos, con una acarician y con la otra golpean. Fuimos el constructor de nuestra propia morada, el ayer solo dejó el mañana, y hoy somos espectadores de esto. Para nuestra familia ya se había dicho todo. Solo yo faltaba de tomar una última decisión. Felipa y yo siempre supimos lo importante que era no hacer daño, se nos advirtió que de hacerlo, lo pagaríamos.

Pero aunque nadie te lo advierta, es así. Algunos toman decisiones incorrectas ignorando éste principio básico de vida. Otros saben de esto pero prefieren olvidarlo para obtener beneficios momentáneos. Pero hay los que por temor o por inteligencia, se sostienen de éste principio como de la vida misma. Ése era nuestro caso. La Muerte nunca fue nuestra acosadora, su virtud más grande era la paciencia, en algún momento en el tiempo, estaríamos frente a frente.

No solo nos reconoceríamos, nos daríamos la mano para sellar el hecho de estar de acuerdo con nuestro propio final, pues hasta entonces la mayoría de nosotros lo aceptará sin problemas.

Huérfana de padre Felipa sabía que el hombre que la entregaría en el altar el día de su boda, era el mío. Ya teníamos solucionado lo principal, ahora a buscar padrinos:

De anillos – símbolo del compromiso.

De ramo – la felicidad.

Algo viejo – la conexión con la familia de ella y su pasado.

Algo nuevo – esperanza y amor.

Algo azul – fidelidad.

Algo prestado – un buen deseo al futuro matrimonio.

Las arras – la prosperidad.

El lazo – la unión.

El arroz – fertilidad.

El vestido - éste lo escoge la mujer y sin verlo, lo paga el hombre. Él no debe verla vestida de novia hasta llegar a la iglesia, pues es de mala suerte. Las madrinas no pueden traer puestas perlas, pues son símbolo de lágrimas en el matrimonio.

El cura del pueblo corrió las amonestaciones y se fijó la fecha de la ceremonia. Mandamos a hacer en una imprenta las invitaciones y las repartimos personalmente. Alquilamos el único salón de fiestas del pueblo y pagamos para que nos incluyeran el banquete.

Felipa me pidió que fuera madrina de anillos y yo acepté con gusto. Unos días antes de la boda me dijo que se irían de luna de miel a Canadá y que regresando vivirían conmigo hasta que les entregaran su casa. Para mí era fabulosa ésta decisión, me daba un gusto infinito saber que Felipa se uniría al hombre de su vida, pero yo sabía lo sola que después de esto me sentiría. Cuando la felicidad es grande se desparrama y los siguientes días fueron maravillosos, la vi convertirse en la mujer más feliz del mundo y lo disfruté igual.

La cocina tenía un significado muy especial, era el único lugar de la casa que nos brindaba la oportunidad real, de unificarnos con toda la confianza. Hacía que realmente disfrutáramos mucho de habernos consolidado como una verdadera familia. El calor que ésta emanaba iba más allá, de la comida calientita recién preparada.

Nos daba la ocasión para compartir el pan nuestro de cada día, justo así como reza la oración. Le dimos una figura viva haciéndola cómplice importante de nuestras historias. No lo planeamos, se fue dando con el paso del tiempo y de las pláticas, con el café calientito y los sagrados alimentos, que sirvieron de pretexto para sostenernos en plenitud. Solo después del tiempo pudimos percatarnos de lo importante que era compartirlo todo en la cocina. Ésta era un regalo que no pedimos pero que si construimos con el amor, la confianza, las alegrías, las lágrimas, el coraje, el dolor y con todos ésos materiales que no se encuentran a la venta, pero que si existen en lo más profundo de nuestro ser. Estaba edificada de amor y buena voluntad. Ahí entre ésas paredes aprendimos a vivir la vida, pues la vida es para vivirla plenamente.

El tiempo que no para, nos va dejando segundo a segundo justo lo que pedimos, ya sea con palabras o con hechos. La vida; que en algunas ocasiones nos había parecido injusta, ahora nos ponía al tiempo, como todo un soberano.

Apareciendo ésta, solo para hacernos recapacitar en todo lo bueno que trae con ella, incluso lo que aparentemente es malo. Hoy podíamos ver que gran parte de nuestro fantástico recorrido por el viaje de la vida, se había concentrado en la cocina.

Sazonándolo todo con fe y esperanza pudimos seguir adelante sin temor. Para nosotras el trabajo ahí era ¡fabuloso! La cocina, ésa de olores deliciosos, de hermosos colores como el fantástico arcoíris, matizada con nuestras emociones. Ésa, la que nunca dejaba de regalarnos su refugio y su calor; calor humano que nos envolvía y se desbordaba. La cocina, que para algunas mujeres significa un gran fastidio, debido a que el trabajo ahí es laborioso y pesado. Para nosotras representaba el resguardo, el único lugar seguro donde podíamos hacer descansar a nuestras almas. No la extrañaríamos pues estaba decidido que seguiríamos viviendo en el mismo lugar, como la maravillosa familia en que nos habíamos convertido.

Seguiríamos metidas en la cocina, logrando elaborar las mejores y suculentas recetas, para disfrutar con los más agradables sabores, la vida...

Ruperto en los momentos que podía me hacía compañía por las noches, solo un rato pues siempre andaba ocupado con cosas de la escuela. Estaba a punto de titularse como licenciado en derecho, también trabajaba en sus tiempos libres como ayudante de mostrador en la farmacia del pueblo. Mi padre ignoraba totalmente mi relación con él, así es que decidí que ya era momento de comunicarle que estaba enamorada. No sabía claramente cuál sería su reacción. Conocía el afecto que él sentía por Pancho y lo de acuerdo que estaba en que éste y yo termináramos casados. De cualquier manera yo le comunicaría mi decisión de estar con Ruperto. Al paso del tiempo esto de Pancho se había convertido en todo un fastidio. Para mí padre lo correcto era que una mujer solo tuviera un novio y con éste se comprometiera de por vida, cosa que él no hacía y se disculpaba diciendo que él era hombre.

La Muerte me había transmitido algunas ideas un tanto feministas, yo las acepté sin problemas pues estaban basadas en la razón. No permitiría nunca más imposiciones, ni de mí amado padre. Esperaría a que él apareciera por la casa para decírselo, total no había prisa...

El día de la boda de Flipa llegó sin contratiempos, habíamos trabajado duro para que todo saliera como lo teníamos planeado. En mí pueblo las bodas de tres días son tradicionales. El primer día se ofrece una comida que consta de arroz rojo con chicharos y zanahorias, pollo en mole poblano, frijoles refritos, tortillas de comal y tlacoyitos de frijoles, chicharrón prensado, requesón y papa. Ofrecimos salsa verde, crema y queso fresco rayado, y una ensalada de nopales para acompañar los tlacoyos. Para beber dimos pulque curado de piñón y de nuez, tequila y refrescos. Es ésta la forma popular e informal de invitar a todos los habitantes del lugar a participar de la felicidad de la pareja.

Hacemos esto para que todos se enteren que hay una nueva unión y tomen partido en el cuidado de la misma. El segundo día se hace el enlace en la iglesia ante Dios, el cura, los padrinos y familiares de ambas partes, siendo ésta una ceremonia privada.

Al término se ofrece otra comida para todo el pueblo. En éste día se les ofrece sopa de arroz rojo y carnitas de puerco estilo Jalisco, las tradicionales salsas roja y verde de chile de árbol; tortillas de comal y nuevamente para beber pulque curado de avena y de guayaba, tequila y refrescos. Al anochecer los novios se van a su luna de mil. El tercer día se les invita barbacoa de carnero, tortillas de comal, salsa verde y roja y para beber, cervezas y refrescos, dando fin a la celebración después de la comida.

Siendo nativa de una ranchería, Felipa contrató a una banda musical cumbiambera formada por unos vecinos y amigos de su familia y a una banda musical norteña quienes se encargaron de amenizar los tres días. Mi padre se apareció desde el primer día con muchos invitados, gentes del gobierno y otros. Nosotras no conocíamos a la mayoría de ellos y para ser franca algunos parecían malhechores. En algún momento nosotras lo comentamos y fue ahí que decidí hacer la última petición a La Muerte.

Me retiré del lugar por un rato y fui a mí casa. Coloqué velas blancas e inciensos de diferentes aromas por todo el lugar. Luego de hacer esto doble mis rodillas para reverenciarla como es correcto. Finalmente le imploré que me cuidara de todo mal, dije que no podía pedir nada material pues ya me lo había dado todo. Que no le pedía el amor de un buen hombre pues de igual manera lo tenía. Pero que no tenía la seguridad de lo que pudiera pasar con nuestra familia, que le pedía perdón a ella y especialmente a Dios por los malos actos de mis familiares y apelaba a su misericordia para tratar de evitar las consecuencias. Que me protegiera a mí y de ser posible a todos, especialmente a mí padre. Esperaba una respuesta pero no hubo comunicación. Me levanté y rocié perfume por toda la casa, volví a arrodillarme y le supliqué: -¡Háblame por favor, dime algo que me haga sentir tranquila y segura! Pero nunca más tuve comunicación con ella. Yo sabía que ésa era la despedida. Igual que con Felipa, la ayuda había llegado a su fin.

En adelante todo dependería de nosotras. Ésa fue la primera vez que me sentí sola, desprotegida. Sé que lo habíamos hablado y que no debía de haberme sorprendido la actuación por parte de La Muerte, pues al fin y al cabo nunca hubo promesas incumplidas. Sin embargo el dolor que provoca la tristeza de saber, que no se tendrá más contacto con alguien que se convirtió en parte de tu familia, es muy duro. Permanecí llorando un rato y luego recordé que estábamos festejando la boda de Felipa, así es que me limpie la cara y volví a la fiesta como si no hubiera ocurrido nada. Al volver pude notar que algunos de los acompañantes de mí padre estaban armados, no se mucho de armas pero me pareció que ésas debieron ser, las famosas armas largas de las que hablan en los noticieros.

Me acerqué a Felipa y le hice notar ése detalle, las dos quedamos mudas. No sabíamos que pensar y tampoco sabíamos que decir. Solo nos vimos con preocupación y continuamos la fiesta. Yo tenía planeado platicar con él respecto a mi noviazgo con Ruperto, pero una sensación de miedo me hizo desistir, así que continué mi relación en secreto.

Al paso de unos días Felipa regresó de su luna de miel, justo en domingo por la noche y como ya era nuestra costumbre, me hizo esperar hasta el famosísimo lunes de Chuchitas Cuereras y Sexo, para darme todos los detalles maravillosos que vivió. Pero al día siguiente muy temprano se apareció don Ramiro. Él era el encargado de llevarme dinero, pero igual que mi padre, se apareció con dos hombres armados y por supuesto, yo solo le permití la entrada a don Ramiro. El intentó explicarme que no me preocupara, que eran órdenes de su padre que todos contáramos con escoltas y que los señores formaban parte de su equipo de seguridad. Lego mencionó que los guardias se quedarían a vigilar que estuviéramos seguras. Razón por la que me molesté y de inmediato me comunique con mi padre, para pedirle que los retirara de la casa. Al principio él no quería, dijo que era por el bien de todos pero especialmente de nosotras y tuve que insistir en que no necesitábamos a nadie que nos custodiara. Nuestras vidas eran sencillas, no teníamos enemigos y a pesar de tener dinero vivíamos con modestia pues solo así sabíamos vivir. Finalmente dio órdenes de que se retiraran y nosotras nos quedamos tranquilas.

También notamos un cambio en don Ramiro. Después comentamos éstas cosa que estaban sucediendo y que no alcanzábamos a comprender, concluimos pactando no volver a mencionarlas y a mantenernos lo más lejos posible, de todo eso que nos hacía sentir temor y desconfianza.

Nuestras vidas siguieron como antes, el único cambio que se hizo fue en la recamara de Felipa, quien ahora la compartía con Benito. Colocamos muebles nuevos y aprovechamos para darle una pintada a toda la casa. Por lo demás todo seguía igual. Ruperto y yo hablábamos de casarnos pero esperaríamos a que él se titulara. Ahora pasábamos más tiempo junto. Él se portaba cada día mejor, actuaba con mucho cariño. Algunos días se quedaba a dormir en la casa, lo hacía en la sala.

Yo le arreglaba uno de los sillones para que estuviera lo más cómodo posible, me hacía ilusiones pensando que el día que fuera mi marido, compartiría mi cama con él. Por ahora solo nos sentíamos cada vez más cerca. Poco a poco se fue acomodando en la casa. Un día me preguntó si podía apoyarlo con la lavada de su ropa y sin preguntar por qué, acepté de inmediato. Le pedí que la trajera a la casa comprometiéndome a entregársela limpia y de ésa forma, de repente ya estaban todas sus cosa ahí. Así casi sin darme cuenta se metió en mí vida y cuando pude percatarme ya vivíamos juntos.

Comenzamos compartiendo las cosas triviales de la vida de una pareja. Luego empezó a darme gran parte de su sueldo, solo se quedaba con un poco para él. El primer día que me ofreció el dinero yo no quería aceptarlo, primero porque no lo necesitábamos y segundo porque me daba mucha vergüenza recibírselo, si él no era mi marido. Pero con mucho cariño me explicó que si ya vivíamos como matrimonio yo debía tomar ése dinero.

Quería que lo viera como el gasto que todos los maridos les dan a sus esposas, prometiendo además, que incrementaría la cantidad en cuanto a él le fuera mejor. Los días a su lado se hicieron indispensables en mí vida. Por la mañana él se levantaba y se metía a bañar, mientras yo preparaba el almuerzo y después de desayunar, se marchaba rápidamente para la escuela, y no regresaba sino hasta que salía de trabajar. Era entonces que platicábamos de cómo nos había ido en el día; nos comunicábamos todo. Antes de irnos a dormir, nos abrazábamos y nos besábamos bonito tratando de no inquietarnos, pero inevitablemente terminábamos muy excitados, deseando más de eso tan rico que podíamos sentir. Lo único que no compartíamos era la recamara, las relaciones sexuales no estaban incluidas. La idea de ponerme en riesgo de ser abandonada si hacíamos el amor antes del matrimonio, me daba mucho miedo. Así que seguido lo mandaba a dormir al sillón con el dolor del que él hablaba.

A pesar de ser de una ranchería, Felipa seguido me decía que era mejor que hiciéramos el amor que estarnos masturbando, y cuando yo le hablaba de mis miedos ella simplemente decía, que si Ruperto realmente me amaba no me dejaría, que por el contrario se encargaría de protegerme. Yo me quedaba muy pensativa recordaba las conversaciones con mi padre. Él siempre daba malos ejemplos pero buenos consejos: -Los hombres son cazadores natos -decía- la mujer es la presa. El juego del gato y el ratón se vuelve aburrido, en el momento justo en el que se le atrapa a ésta. Hay dos formas en que el cazador se mantiene interesado, una: Que el botín esté muy custodiado, otra: Que se ponga difícil la cacería. Entonces las mujeres han de ser muy cautelosas, astutas, inteligentes; para que el juego no se vuelva rutinario y aburrido. Más como tú eres una niña, mientras aprendes a ser todo esto, te protejo. Los pastores cuidan de su rebaño, no importa de cuantas ovejas conste; yo solo te tengo a ti. Lobos hay muchos, pero no se devoraran a mí único corderito. Yo ya no era una niña y tampoco estaba él presente para protegerme. Me sentí triste al ver que muchas cosas habían cambiado desde la muerte de mi abuela, pero la moral, los principios y las buenas costumbres ¡no!

Dice el dicho y dice bien: "Pueblo chico infierno grande." Las personas del lugar no tardaron en darse cuenta que Ruperto y yo ya vivíamos juntos. Doña Lupe la de la tienda, encargada oficial del todos los chismes y rumores en el pueblo, hizo su trabajo muy bien y mi padre no tardó en enterarse de la situación.

Un domingo fuimos como siempre a la iglesia a escuchar misa y después de regresar a casa, se apareció mi padre sin avisar que venía. Llegó muy enojado, apareció con toda su comitiva y por supuesto sus escoltas quienes más parecían matones que otra cosa. Se fue directo a la cocina con don Ramiro, ¡mismo que pasó a ser su pelele en todo! Y dirigiéndose a Ruperto le dijo: -¡¡Mira hijo de la chingada o te casas con Isabel o ahorita te mueres!! Nosotros nos pusimos de pie y yo intenté hablar, pero en seguida me detuvo Ruperto disculpándose y aclarando.

-Licenciado, yo no tengo ningún problema por casarme con su hija, estoy enamorado de ella y no le he faltado al respeto. Me doy cuenta que no fue buena idea que viviéramos juntos, pero aunque difícil de creer yo no he tocado a Isabel, primero porque yo la quiero bien y segundo porque ella no me lo permite. Su hija es una mujer integra y ésa es una de las muchas razones que tengo para amarla. Nosotros hemos hablado de casarnos muchas veces, solo estábamos esperando a que yo terminara mi carrera para hacerlo, pero si es necesario adelantarlo yo estoy totalmente de acuerdo. La cara de mí padre cambio poco a poco conforme le fuimos explicando, cómo era nuestra relación y por qué yo no le había comunicado nada, y él lo fue entendiendo. De cualquier manera nos exigió, que empezáramos con los preparativos de la boda lo antes posible y que el matrimonio por el civil, se realizara al día siguiente y para asegurarse, dejó a dos de sus hombres en la casa. Nuevamente le pedí que los retirara, pero en ésta ocasión fue el mismo Ruperto quien me detuvo, diciendo que haríamos las cosas como mi padre quisiera. Que dejaríamos que se sintiera no solo satisfecho, sino parte de esto, pues solo así mi padre lo aceptaría a él sin problemas.

 Ruperto era muy inteligente, conocía el afecto que mi padre le tenía a Pancho y no quería sentirse en desventaja ante él. Así que al día siguiente muy temprano, ya estábamos en el registro civil. El juez y mi padre eran amigos, por lo que no hubo ningún problema en realizar en ése momento, el matrimonio legal. Felipa y mi padre fueron mis testigos, don Ramiro y Benito los de Ruperto, todos firmamos muy contentos. La ceremonia fue privada y sin festejos, al término de ésta nosotros nos fuimos a la casa y mi padre con toda su comitiva, se regresó a la capital del estado. Más tarde Ruperto se preparó para irse a trabajar avisándome, que llegaría temprano por mí para ir visitar a sus padres y comentarles que ya estábamos casados por el civil y que pronto lo haríamos por la iglesia.

De cualquier manera nuestra vida continuó igual y aunque ya teníamos el permiso legal para hacer el amor, decidimos esperar para después del matrimonio religioso. Ambos éramos muy católicos y sabíamos que a Dios le agrada, que las cosas se hagan con su bendición, así es que a pesar de amarnos y desearnos tanto, él siguió durmiendo en la sala y yo en mi recamara.

Como de costumbre, Felipa me ayudó con todos los preparativos para la boda. Y un mes después, ya estábamos casados. La tradicional fiesta de matrimonio de los tres días que acostumbrábamos en mi pueblo, la realizamos muy parecida a la de Felipa. Lo único que cambió fue la música y la ropa que vistieron los novios, pues a Felipa le gustó mucho un vestido blanco estilo francés y Benito se presentó con un elegante traje negro. Nosotros decidimos vestir de forma más nacional. Mi vestido era un hermoso huipil oaxaqueño en blanco, bordado a mano con flores pequeñas multicolores.

Ruperto se vistió con un elegante traje de manta color hueso. La fiesta fue muy alegre, estaban nuestros invitados especiales y todo el pueblo. Había también personas que nosotros no conocíamos, seguramente invitados de mí padre. Las cumbias y los retumbos de la banda norteña no paraba de sonar, además mi padre había contratado una tambora y por supuesto un mariachi, gracias a esto no faltó la música en ningún momento. Había una mesa preparada para dejar ahí los regalos, pero tuvieron que poner otra, pues eran tantos que no cabían.

Mi padre estaba muy ocupado con sus amistades, sin embargo se dio un tiempecito para acercarse a mí, me abrazó con mucho amor diciéndome lo que más me gustaba oír: -No me arrepiento de las decisiones tomadas, nadie es más importante que tú, ¡eres mi vida entera! La emoción del momento maravilloso nos provocó el llanto; ése llanto que se deja derramar de poquito en poquito y llena el alma. ¡Cuán grande era el amor que sentía por mí padre! Me beso barias veces en la frente y la mejilla mientras decía: -¡Que seas muy feliz! te amo mi reina linda, te amo mucho...

Nosotros no nos fuimos de luna de miel, pues Ruperto estaba por terminar su carrera y no podía interrumpir lo que representaba de alguna manera, nuestro futuro económico. El me hizo la promesa de viajar en cuanto fuera posible, decía que no me quedaría sin luna de miel. Cosa que para mí no era nada importante, todo llegaría en el momento que Dios lo permitiera. Al término de la fiesta del segundo día, nos fuimos a un hotelito que había cerca del lugar. Me había imaginado que los nervios me harían sentir temerosa, pero en realidad me sentí muy tranquila. Me daba mucha seguridad saberme amada, protegida, deseada...

Ruperto era el ser más cariñoso que existía en el universo y al mismo tiempo el más apasionado. No había nada que temer, el momento de hacernos uno había llegado, yo ya estaba lista para realizar ¡el sueño de mi vida! Desde la llegada al hotel él se comportó con clase y estilo. Grandes virtudes que solo posee un verdadero caballero. Yo sencillamente estaba encantada con él.

Mientras me abría la puerta del auto, en silencio y con profundo respeto agradecí a Dios por tanta dicha. Él lo notó y respetando el momento de fe, inclinó la cabeza para agradecer conmigo.

Ahí estaba mi recompensa por haber sabido esperar; el mejor trato que se le puede dar a una mujer, hoy Ruperto me lo entregaba. Algunas cosas llegan a nuestras vidas sin aparente explicación, pero la verdad es que segundo a segundo se trabajó en ellas. Antes de entrar al hotel me tomó la mano y besándola dijo: - No temas cariño mío, eres lo único que yo amo y deseo en mí vida, todo será como tú lo has anhelado. Te prometo ser amoroso y honesto siempre. ¡Ésa noche fue la más hermosa de toda mi vida! Con mucha suavidad y ternura me supo llevar a la cúspide del amor.

Logro con suaves y placenteras caricias que fuera yo la que pidiera con vehemencia; ¡hazme tuya! ¡Todo fue maravilloso, sus besos, sus abrazos y su forma tan estimulante de ser, me transportaron a la gloria! ¡Yo solo podía pedir más de aquello tan celestial que él lograba provocar en mí! ¡Fue hasta ésa noche que realmente me enamoré! Después de aquél día nuestra relación se fortaleció. Ahora ya podíamos vivir juntos con el vigor que a muchos les faltaba. Desnudó mi alma despojándola de miedos que reprimen. Me ayudó a hacer realidad todas mis fantasías y compartió conmigo las suyas. Me enseñó a concebir en mí mente pueblerina, la idea de que es Dios el que nos regala, a través de la unión de nuestras almas, corazones y cuerpos, ¡tanta felicidad! Supo explicarme con amor como en el momento justo de la penetración ¡nos hacemos uno!

Nunca más volví a pensar en algunas de las cosas que mi padre me decía, pues aunque no tenía razón en todo, yo sabía que sus enseñanzas habían nacido por el amor que él sentía por mí. Tuve una pequeña duda al respecto, no supe si lo hiso por mi seguridad o por la suya, pero también supe darle la nula importancia que tenía.

Al regresar a la casa, Felipa en un momento en que disfrutábamos de un rico cafecito en la cocina, me comentó que el día mi matrimonio religioso Pancho había llegado a la iglesia, dijo que solo estuvo unos minutos permaneciendo parado en la puerta y que mientras el cura explicaba lo que significa éste sacramento; Pancho lloró y cuando notó que las personas se daban cuenta, se marchó. Después de enterarme, solo pude sentir lástima por él, y le rogué a Dios que lo ayudara a encontrar una persona que lo hiciera tan feliz, como lo hacía Ruperto conmigo.

Para nosotras la vida era muy hermosa, seguíamos compartiendo la casa y todas aquellas pequeñas pero importantes cosas que nos habían unido, y aunque yo sabía que Felipa y Benito se marcharían en cuanto les entregaran su casa, por hoy no me hacía falta nada. Los tradicionales lunes de Chuchitas Cuereras y Sexo siguieron siendo los días oficiales del chisme, aunque a decir verdad, seguíamos pasando muchas horas del día metidas en nuestra fortaleza; ésa cocina donde preparábamos los más deliciosos platillos de comida mexicana y en donde platicábamos todo el tiempo de nuestras cosas, y de los chismes de la gente del pueblo.

También recordábamos a mí abuela diciendo todo el tiempo: - ¡Ay Dios santísimo, si fue una bendición que La Muerte la hubiera tocado!

Y por supuesto hoy podíamos reconocer que esto era verdad, había sido para todos nosotros una bendición que La Muerte llegara a nuestras vidas. Poquito a poco le entregamos nuestra fe y con ello nuestros más grandes anhelos. Por su parte, esta supo alimentarse de nuestras esperanzas. A pesar de saber que ya no tendríamos comunicación con ella, de vez en cuando le prendíamos una vela blanca y un incienso aromático, casi siempre de sándalo que era el que más le gustaba.

Por alguna razón creíamos que ella aún estaba cerca y podía disfrutarlo. Sabíamos que todo venía de Dios, pero así como existen los santos para algunas personas, para nosotros la muerte era real de dos formas: Primera, la que todos conocemos como el aparente final de ésta vida, pues en realidad no sabemos si es el fin o el principio de otra y segunda, a través de la de la fe, ésa que existe en nuestros corazones haciendo que todo valga. Nosotros le suministramos poder al creer en ella. Estábamos seguras que volveríamos a encontrarnos varias veces en el camino y que finalmente nos hallaríamos de frente, para abrazarnos con el cariño que habíamos construido con el tiempo; que ya era nuestra la oportunidad de conocernos tarde o temprano y eso nos llevaría al momento esperado por tanto tiempo. Podríamos vernos por primera vez cara a cara y entonces expresaríamos, de manera correcta nuestra gratitud. Una de las ventajas de haberla conocido, era que le habíamos perdido el miedo logrando sentimientos de amor y respeto, lo que nos valía infinitamente. Hoy ya no importaba lo que pasara, sabíamos que todo estaría bien.

El siguiente lunes de Chuchitas Cuerera y Sexo nos levantamos muy temprano, ya teníamos bien establecida la rutina de trabajo y sin cuestionamientos la realizábamos con mucho cariño. Que satisfactorio era poder compartir un espacio limpio y ordenado. Los aromas perfumados impregnaban el ambiente. En los últimos tiempos a Felipa le había dado por distribuir flores naturales por toda la casa, eso incrementaba las fragancias y la belleza del lugar. Abría totalmente las cortinas y ventanas para ventilar, permitiendo al mismo tiempo que entrara la luz y el calor necesarios paraqué la

felicidad pudiera emerger con toda grandeza, dándole así un toque
¡glorioso a nuestro hogar!

La generosidad era la más grande de sus múltiples cualidades.
Seguido sacaba cosas que decía ya no necesitábamos y junto con la
ayuda que recolectaba con los vecinos; en la primera oportunidad
que tenía la llevaba a la ranchería de donde era nativa y repartía
todo entre la gente más necesitada. Luego de esto regresaba tan
feliz que parecía que era ella la que había recibido la ayuda. Llegué
a pensar que se le había hecho vicio poder contribuir de alguna
manera con a las personas.

Pues decía que en cuanto se diera la oportunidad hablaría con mi
padre, para pedirle su apoyo con un plan que tenía para unos
comedores comunitarios.

Yo podía ver dos cosas en su proyecto; lo inteligente que ella era y
el gran corazón que Dios le había regalado, para poder ver la vida
con tal compromiso pues nadie la obligaba, solo la grandeza de su
alma la impulsaban a seguir dando y dándose a los demás. El amor y
la filantropía la desbordaban; de ésta forma conseguía
retroalimentarse, teniendo como resultado el gigantesco
crecimiento de su alma. Su rosto emanaba ésa satisfacción que se
antojaba, y pude sentir el contagio del ímpetu con el que aparecía
su espíritu noble, vistiéndola de amor. Por ésta razón le pedí me
hiciera participe de su proyecto y ella accedió si titubeos.

Finalmente nos instalamos en la cocina. Me comentó que tenía un
gran antojo de comer frijoles charros y unas costillas de res con
nopales y cebollitas cambray asadas.

Dijo que quería una salsa roja de chile de árbol seco y unas
quesadillas de sesos fritas. Empezamos a preparar los alimentos al
mismo tiempo que platicábamos respecto a todo lo que podíamos

lograr con su proyecto. De pronto se detuvo y sin más me vio a los ojos fijamente por varios segundos y luego con una dulce sonrisa exclamó: -¡Estoy embarazada! ¡¿Qué?! -dije- ¡¿es verdad?! Volvió a sonreír y solo con un movimiento de cabeza asintió. De pronto yo gritaba de emoción: -¡Qué maravilla vas a ser madre, que gran bendición! Ella no podía hablar estaba muy emocionada, tenía las manos con sus dedos entrelazados oprimiendo su pecho y sus lágrimas no se hicieron esperar. Yo me acerqué abrazándola suavemente y lloramos juntas por tanta felicidad. Para cerrar con broche de oro el momento, brindamos con un poco de ponche de frutas de la temporada, que habíamos preparado el día anterior.

Después de la noticia los cuidados para ella se hicieron extremos. Llenamos la casa de cositas para el futuro bebé y a ella la complacíamos en todo. Por supuesto fue don Jacinto el que se encargó de vigilar el embarazo, mismo que se dio sin infortunios. Ellos tenían contemplado irse a vivir a su nueva casa, después del nacimiento de su amado bebe, y yo estaba contenta y orgullosa, de haber sido nombrada junto con Ruperto, para ser los padrinos de bautizo de su primogénito. Con anterioridad mandamos a hacer todo lo necesario para el bautizo. Y los recuerdos que regalaríamos el día de la ceremonia, los harían unas indígenas oaxaqueñas en el tradicional telar. Así que solo esperaríamos a que la criaturita naciera, todo lo demás ya estaba listo esperando su llegada.

Uno de los problemas que contemplábamos era el morrito, pues el animalito se había acostumbrado a recorrer toda la casa a su entero placer y ahora tenía áreas restringidas, lo cual no era de su agrado pero aunque muy a fuerza obedecía.

Yo sabía que era mejor que empezáramos a educarlo, pues seguramente llegarían también mis propios hijos y como además quería tener varios, el gatito no debía de entrar más a las recamaras. Los animales son a su manera muy inteligentes, y el morrito era especialmente dócil. En ciertas ocasiones nos mirábamos fijamente a los ojos y podíamos descubrir, quiénes habitábamos nuestros cuerpos en realidad. Vi que había un alma noble, un corazón lleno de amor para dar a quien lo tratara bien. El animalito ya conocía el miedo y el dolor del abandono, y mostraba una conducta agradecida. Yo siempre decía que se había convertido en un miembro más de la familia, pero la verdad es que a pesar de que el convivía con todos, su lazo de amor y confianza era solo para mí. ¡Qué gran placer!

Seguido comentaba que el morrito creía que yo era su madre, y aunque nadie estaba de acuerdo conmigo, yo estaba segura de eso.

Los meses desde la noticia del embarazo de Felipa pasaron con rapidez. Casi llegando al final, dejaba ver un hermoso, tierno y protuberante vientre.

En algunas ocasiones gritaba: -¡¡Ven se está moviendo!! Yo corría para poder sentir como el bebito jugueteaba dentro de su madre. Sus movimientos provocaban pequeñas y momentáneas deformidades en su vientre. Llena de curiosidad yo le preguntaba si acaso le dolía, pero ella siempre dijo que no, que era una sensación ¡inexplicable pero maravillosa!

A diferencia de Ruperto quien no quiso depender de mí padre para salir adelante, Benito pasaba mucho tiempo trabajando en la capital del estado. Él era colaborador suyo, participaba de alguna manera en todo cuanto éste hacía, así que solo algunos domingos iba a la casa. Para Felipa no era importante, sabía que Benito les estaba formando un futuro. Nosotras gracias a mí padre y a don Ramiro ya teníamos el futuro asegurado, pero Benito siempre quiso mantener a su familia con sus propios recursos. Teníamos la fortuna de ser esposas de hombres muy responsables y trabajadores.

Un domingo regresamos de la iglesia y, mientras preparábamos unas enchiladas potosinas que se le habían antojado a Felipa, notamos que nos hacía falta el queso. Ella se ofreció a ir con doña Lupe a comprarlo, rápidamente se quito el delantal diciendo: -Ahorita regreso no me tardo. Y salió hacia la calle justo en el momento en que se escuchó una descarga como de metralleta. Por un segundo me quedé paralizada, pero luego salí corriendo pensando justo en Felipa. Grande fue el impacto que me produjo verla tirada en la calle sangrando. Dentro de las camionetas de mí padre se encontraban acribillados, él, Benito, don Ramiro, Pancho y dos de sus guardaespaldas. ¡Todos llenos de sangre! Habían sido baleados por unos ampones, que los alcanzaron a bordo de una camioneta. ¡Cobardemente les dispararon y se dieron a la fuga!

Yo corrí a ver a Felipa quien aún estaba viva y con su mirada asustada me pedía ayuda. Así que empecé a gritar desesperada: -¡¡Auxilio por favor ayúdenme, auxilio!! Pronto aparecieron muchas personas, yo no podía darme cuenta quienes eran pero logré ver a don Jacinto, quien apareció con su carro y con la ayuda de otro señor, subieron a Felipa y se fueron a su clínica. En seguida traté de ver cómo ayudar a mí padre y a los demás pero todo fue inútil, ya estaban muertos. Una mujer que yo no recordaba, me decía al ver que había perdido el control: -Tranquilízate Isabel, no hay nada que podamos hacer, tranquilízate por favor. Pero yo no lo conseguía, ni siquiera podía entender lo que pasaba. ¡Mi mente y mis emociones era un caos! Llegó la policía y tratando de averiguar qué había sucedido interrogaban a todos y entonces convirtieron eso que ya era trágico, en un circo. Fue muy lamentable ver como los encargados del "orden" echaban a perder toda la posible evidencia.

Todo sucedió tan rápido que no pude darme cuenta qué hacían. Y en un momento logre tener un pensamiento coherente. La policía echaba a perder todo con el propósito de imposibilitar una buena investigación. Parecía que les habían pagado por hacer esto. Mi mente estaba confusa pero mi conciencia no. Por lo que me di cuenta que estaba en lo correcto y preferí no intervenir en nada.

Me sentía como metida en una terrible pesadilla pero logré tranquilizarme un poco y ahí, sentada en la banqueta vinieron a mí mente recuerdos de algunas conversaciones. Como la de aquél día en que Felipa tuvo su primer contacto con La Muerte.

Está se hizo presente solo para estipular las reglas, dijo: -Piensen bien lo que van a pedir, pues aún si quieren hacer grave daño, los complaceré. Y como en todo lo que existe, entre nosotros también hay un importe a pagar. Si lo que quieren es bueno y para bien, se los daré sin costo, si lo que quieren es malo y para mal igual se los daré, pero aquí hay un precio y tarde o temprano les haré llegar la factura a pagar. ¡¡Hecho está!!

También dijo que la mismísima historia nos recordaría por todos los siglos. Y no se equivocó pues el suceso fue tan terrible, que realmente pasó a formar parte de los relatos del lugar. Ése pueblito en donde lo peor que había pasado, había sido el incendio del árbol de doña Conchita, aquella noche en que le cayó un rayo encima. Ése fue el motivo con el que El Heroico Cuerpo de Bomberos se estrenó en el pueblo. Y con esto, el impactante suceso había pasado a segundo término.

Igualmente vino a mí el recuerdo de la conversación que tuvimos mí padre y yo, respecto al día fatal en que nací y mi madre murió. Él sin saber lo que pasaría, narraba lo sucedido en la clínica haciendo referencia a éste momento tan lamentable, diciendo: -La Muerte se llevó a tu madre, pero a cambio te regaló la oportunidad de vivir con tanta suerte.

¡Lo único de lo que podemos sentirnos seguros al nacer, es de morir! Pero tú no debes temer, ustedes ya se conocen, son como madre e hija. La próxima vez que se vean, será para estar juntas por toda la eternidad. Yo por el contrario, pagaré un precio muy alto por amarte tanto. Luchar contra ella en aquél momento, fue un acto de irreverencia, la factura por ser tan osado, llegará...

Con el dolor y el llanto me quedé sumergida en mis pensamientos.

También vino a mí mente la duda y se adueño de mí alma. Por primera vez tuve curiosidad por saber, qué fue lo que le pidieron a La Muerte todos los que ahora estaban ahí tirados, llenos de sangre y sin vida. Pero la duda más grande me aparecía con respecto a Felipa. ¿Estaba pagando la factura, por algo que pidió que no fuera muy bueno o esto solo era un infortunado accidente?

En ése momento de descontrol; pude ver a lo lejos como llegaba corriendo Ruperto, me buscaba con la mirada al mismo tiempo que observaba atónito la sangrienta escena y al verme rápidamente se acercó a mí, me abrazó fuerte mientras decía: -Tranquila amor no estás sola, ya pasó todo, tranquila. De inmediato recordé a Felipa, y diciéndole él que efectivamente ya no teníamos nada que hacer ahí, le pedí que fuera conmigo a la clínica, así que sin importarnos nada más, rápidamente nos fuimos del lugar.

Estuvimos cerca de media hora esperando antes de que don Jacinto saliera a darnos noticias y finalmente apareció. Pude ver en su rostro el reflejo de la fatalidad y antes de que él nos dijera que Felipa no lo había logrado, supe que estaba muerta.

Pero entre todo lo terrible de ése día apareció la única buena noticia. Estando ella todavía con vida, le habían realizado una cesárea y lograron salvar a su bebé. Fue una niña –dijo don Jacinto- te la entrego a ti pues ya no hay nadie más a quien yo pueda dársela. La sacó envuelta en mantitas blancas y la puso sobre mis brazos. Al ver a la pequeña llena de vida, di gracias a Dios por su misericordia y su grandeza, decidiendo ahí el nombre de la niña. Te llamaremos Milagros -dije. Luego la puse en los brazos de Ruperto tratando de conmoverlo al despertar su paternidad. Creí que con esto lograría hacerlo participe de la responsabilidad a través del amor. Él con mucho cuidado la tomo en sus brazos y depositó un beso en su frente diciéndole con mucha ternura: -¡Hola chiquita linda mírame bien bonita, yo soy papá! En seguida me acerqué más a ellos para abrazarlos fuertemente llorando sin poder parar. Luego Ruperto regresó a la niñita a mis brazos y, en ése instante sabiendo que su almita hermosa, podía entender el tono suave de mis palabras le dije con mucho amor: - Haber sido tocada por el roce de La Muerte es una gran bendición. Serás dueña de una vida maravillosa y nunca estrás sola. ¡Pero a ella no la necesitaras! ¡Nosotros, tus padres; lograremos llevarte a realizar todos tus sueños!

Haciendo de ti el mejor de los seres. Desde hoy tienes un sello que te marca para ser grande en la vida, y esto es solo porque Dios vio tu alma pura y hermosa. Él quiso regalarte la gran oportunidad. ¡Disfruta pues de tu paso por mundo!

Con el paso del tiempo el orden fue llegando poco a poco a mí vida. En el pasado quedaron todas las personas que amé, las cosas que vivimos, los juegos, las risas, las palabras. ¡Cuánta felicidad nos merecimos! También quedó como una marca de horror aquél suceso, en el que perdí a mis seres queridos.

Nunca quise investigar lo que en verdad había sucedido, pues creí que al hacerlo pondría en grave peligro, a los que gracias a Dios aún estábamos vivos. Protegernos de todo mal se hizo prioridad. Hoy tenía un compromiso de amor con mí nueva y amada familia.

Milagros se convirtió en la hija que nunca pudimos tener, llegamos a amarla más que si hubiera sido propia. Decidimos ocultarle la verdad para protegerla totalmente de ser lastimada. Por ningún motivo ella sabría jamás la historia.

¡Ella era la luz de nuestras vidas! En algunas ocasiones entraba corriendo con ésa alegría que la caracterizaba, siempre tan cariñosa e inquieta, se conducía por la vida totalmente desinhibida; ¡parecía la reencarnación de Felipa!

En alguna ocasión al encontrarme metida en mis pensamientos me preguntaba: -¿Qué pasa mami, por qué tienes ésa cara de tristeza, en qué estás pensando? Y con una ligera sonrisa yo respondía: -En nada de interés mi niña hermosa, cosas de viejos eso es todo, no le des importancia que no la tiene. Luego me daba un besito en la frente y se retiraba cantando y bailando una de sus improvisadas canciones, con ése ritmito pegajoso tipo reggaeton. Yo inevitablemente pensaba en Felipa, mi amiga, mi hermana, así que me ponía a hacer mis cosas, encerrada en aquella cocina que se había convertido en nuestra guarida y la nostalgia me invadía. Recordaba el momento en que La Muerte me explicó, que el poder del que ella hacía gala no le pertenecía, que todo estaba en mí. Dijo que en la medida en que mi fe creciera su poder aumentaría y lo que yo recibiría a cambio ¡era sublime, mayúsculo! Dijo que no había nada de qué preocuparme, que no permitiría que nada ni nadie, nos hiciera daño. Por el contrario, lo que nos esperaba yo no lo podía siquiera imaginar.

Dejé de venerar a La Muerte, nunca más volví a encender inciensos y velas. Me acerqué más a Dios y le enseñé a mí hija Milagros a depender solo de él. Ruperto que conocía perfectamente toda la historia, me apoyó siempre en mis decisiones, por lo que gradualmente y casi sin querer, me transformé en la matriarca de mí familia. Finalmente él se hizo cargo del despacho de mí padre y continuamos juntos, con nuestras vidas en reconstrucción.

Hoy somos una familia especial, hemos trabajado duro para alcanzar el equilibrio. Logré aprender con mucho dolor que el pasado existe en nuestra memoria y solo le damos presencia al convertirlo en relato y que el futuro es un cumulo de sueños y anhelos por los que hay que trabajar, en el presente.

La tristeza y la sensación de haber sido abandonada, me llevó a entender que las cosas y las personas valen por la magnitud con la que se dan o sucedan y no por el tiempo que las tenemos creyéndolas propias. Algunas de las cosas que tuvimos que vivir son inexplicables y las personas con quienes pudimos compartir, fueron incomparables y hoy son irremplazables e inolvidables. ¡Ésta es la vida! ¡Y ésta la que nos tocó vivir a todos los involucrados!

Hoy por las noches antes de irme a descansar, agradezco por la presencia de todos ellos en mí vida, amigos que se volvieron familia, que compartieron sus seños y logros, que nos regalaron el amor del que estaban hechos y nos dieron un lugar importante en éste extraño mundo lleno de misterios. Pero sobretodo agradezco a Dios, por darme la oportunidad de vivir de manera extraordinaria, ¡ésta sencilla pero maravillosa vida!

FIN

CONTRAPORTADA

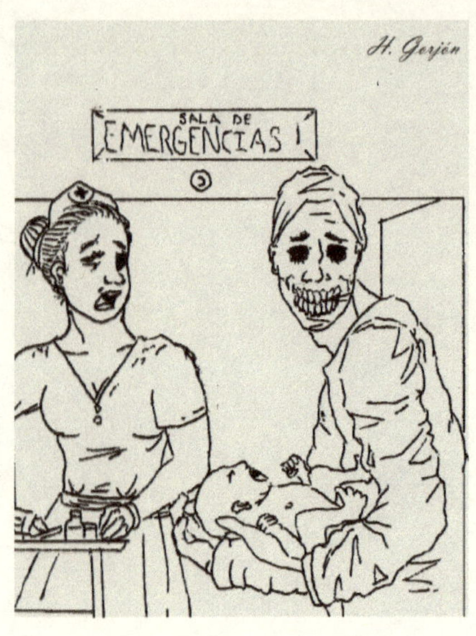

Es una historia del México coloquial, que puede ser ubicada en cualquier parte del territorio, que nos da la oportunidad de revivir experiencias y recordar gente que ha pasado por nuestra vida, llena de sutiles señales de fe, tradiciones y amor a la familia...

Historia de fácil lectura, colmada de mensajes que ayudan a descubrir como a veces y sin querer se permiten y se aceptan patrones no deseados de comportamiento masculino, algunos de éstos personajes los puedes ver reflejados en gente a la que conoces, donde se muestra que toda decisión tomada tiene una consecuencia, donde el amor y el desamor se hacen presentes, y nos permiten disfrutar de ésta novela.

RAÚL CRUZ LÓPEZ.